Maria Regina Braga de Borthole Vertamatti

Márcia Maldonado Palladini

Cesar de Macedo Haddad

Marta de Mello Gomide

Naila Foresti Gallotta

Volume I - Tocando e cantando com o folclore

Ilustrações
Priscila de Borthole Vertamatti

1ª edição
2021

© 2021 texto Maria Regina Braga de Borthole Vertamatti
Márcia Maldonado Palladini
Cesar de Macedo Haddad
Marta de Mello Gomide
Naila Foresti Gallotta
ilustrações Priscila de de Borthole Vertamatti

© Direitos de publicação
CORTEZ EDITORA
Rua Monte Alegre, 1074 – Perdizes
05014-001 – São Paulo – SP
Tel.: (11) 3864-0111
cortez@cortezeditora.com.br
www.cortezeditora.com.br

Direção
José Xavier Cortez

Editor
Amir Piedade

Preparação
Alessandra Biral

Revisão
Alexandre Ricardo da Cunha
Gabriel Maretti
Tatiana Tanaka

Edição de Arte
Mauricio Rindeika Seolin

Obra em conformidade ao
Novo Acordo Ortográfico da Língua Portuguesa

Dados Internacionais de Catalogação na Publicação (CIP)
(Câmara Brasileira do Livro, SP, Brasil)

Flauteando: volume 1: tocando e cantando com o folclore / Maria Regina Braga de Borthole Vertamatti...[*et al*.]; ilustrações Priscila de Borthole Vertamatti. – 1. ed. – São Paulo: Cortez, 2020.

Outros autores: Márcia Maldonado Palladini, Cesar de Macedo Haddad, Marta de Mello Gomide, Naila Foresti Gallotta

ISBN 978-65-5555-044-3

1. Flauta – Estudo e ensino 2. Flauta – Música 3. Folclore I. Vertamatti, Maria Regina Braga de Borthole. II. Palladini, Márcia Maldonado. III. Haddad, Cesar de Macedo. IV. Gomide, Marta de Mello. V. Gallotta, Naila Foresti. VI. Vertamatti, Priscila de B.

20-49883   CDD-788.3507

Índices para catálogo sistemático:

1. Literatura infantil   028.5
2. Literatura infantojuvenil   028.5

Maria Alice Ferreira – Bibliotecária – CRB-8/7964

Impresso no Brasil – fevereiro de 2021

Organização do projeto
Maria Regina Braga de Borthole Vertamatti
Márcia Maldonado Palladini

Produção dos textos e revisão musical
Maria Regina Braga de Borthole Vertamatti
Márcia Maldonado Palladini
Marta de Mello Gomide
Naila Foresti Gallotta
Cesar de Macedo Haddad

Produção das partituras musicais
Cesar de Macedo Haddad

Arranjos musicais e adaptações
Os autores

Produção de mídia
Estúdio Omae – Vinhedo (SP)

Gravação em estúdio
Maria Regina Braga de Borthole Vertamatti (canto)
Márcia Maldonado Palladini (piano)
Cesar de Macedo Haddad (teclado)
Marta de Mello Gomide (piano)
Naila Foresti Gallotta (piano)

Coordenação e revisão geral
Maria Regina Braga de Borthole Vertamatti

Ilustrações
Priscila de Borthole Vertamatti

Agradecimentos

A Deus, pelo dom da vida; aos nossos pais, pela formação e caráter; aos nossos mestres, pelo despertar do conhecimento; aos nossos familiares e amigos, pela compreensão e incentivo; aos nossos filhos, que são nossos verdadeiros tesouros; aos nossos colegas de trabalho, pela credibilidade e troca de experiências; e, enfim, aos nossos alunos, por serem o motivo da realização deste projeto!

SUMÁRIO

Prefácio, 7
Método Flauteando – Palavra aos professores, 8
Os Musicotes – Iniciação, 10
Método Flauteando – Palavra aos alunos, 11
A história da flauta doce, 12
Como vou tocar minha flauta doce?, 13
Nomenclatura da flauta doce, 14
Dedilhado da flauta doce, 15
Notas musicais e Clave de Sol, 16
As notinhas da escala, 17
Nota Sol, 18
João caçador, 20
O passarinho e a flauta, 23
Lá em cima do piano, 25
Nota Mi, 26
O grilo, 29
Léo e o chapéu, 31
Introdução, Interlúdio e *Finale*, 32
Serra, serra, serrador, 33
Barra de repetição, 34
João Ratão, 35
Uni, duni, tê, 37
Rei, capitão, 39
Gatinho Mimi, 41
Nota Lá, 42
Tique, taque, carambola, 43
Vamos conversar?, 44
Compasso, 45
Toque, toque, 47
Nota Fá, 48
Din don, 49

Nota Ré, 50

Poc, poc, poc, 51

Figuras musicais, 52

Figuras, 54

Pausas, 55

Cruzadinha, 56

O meu relógio, 57

Nota Dó grave, 58

Os três patinhos, 59

O pastorzinho, 61

Eu já sei solfejar, 63

Ponto de aumento, 64

Cai, cai, balão, 65

Nota Si, 66

Mary had a little lamb, 67

Guten Morgen, 69

Marcha, soldado, 71

Bate o sino, 73

Pedro e o Lobo, 74

Sergei Prokofiev, 75

Relembrando as notas musicais, 76

Hinos pátrios, 78

Hino Nacional Brasileiro, 80

Hino da Independência do Brasil, 81

Hino à Bandeira Nacional, 82

Sobre os autores, 83

Respostas, 84

Anotações musicais, 86

Anotações gerais, 92

Registros, 98

PREFÁCIO

Prefaciar um livro que se propõe a ensinar crianças a tocar flauta não é tarefa das mais fáceis. Afinal, estamos falando do sagrado, da sublimidade, de outras linguagens... Estamos falando das pequeninas mãos que aprendem a tocar o instrumento, o qual nos faz acreditar que, de cada som que emerge, há o sopro da vida! Sopro, som, vida! Flautas vindas das florestas mágicas, ritmos que se harmonizam pelas pequeninas mãos, olhos atentos que acompanham cada toque, cada tom. São notas musicais em tantas nuances que, sopradas pelas crianças, nos convidam a entrar em novos espaços interiores, os quais chamamos de ternura e de inspiração. Sopro, som, vida! Ensinamentos... Não só como instrumentalização musical, mas como possibilidade de encantamento para muitos que as ouvem tocando suas flautas. Ensinamentos... Como reconhecimento a tantos compositores que, com seus talentos e dons, auxiliaram a natureza a compor sua orquestra de seres vivos, de pássaros e tantos outros animais, do uivar dos ventos, do movimento das águas, ou das folhas nas árvores. Ensinamentos dos professores da infância, Regina, Márcia, Marta, Naila e Cesar, que se dispuseram a acreditar que a música é um dos principais componentes que liga povos e os conscientiza de sua humanidade. Sopro, som, vida! E não seriam as batidas de um coração nossa primeira música? Quantas mais vamos tocar ao longo de nossas vidas? Ah! Encontraremos pessoas que também tocam suas músicas e que, como professores, ministram aulas de dia e compõem livros à noite com suas próprias partituras para apresentar a seus alunos e deixar-lhes, em suas pequeninas mãos, uma obra que nasceu na preparação de suas aulas. Este livro nos convida a adentrar nesse espaço tão requintado, repleto de crianças, onde as palavras não alcançam para descrevê-lo, mas que compreendem que crianças tocando flautas representam os sons do paraíso, representam os anjos de Deus. Vamos entrar?

Silmara Rascalha Casadei é diretora pedagógica. Doutora e mestre em Educação pela PUC/SP. Autora de livros infantojuvenis e membro da Academia de Letras da Grande São Paulo.

MÉTODO FLAUTEANDO

Palavra aos professores

Segundo pesquisas recentes da Neurociência, constatou-se que, em nosso cérebro, existem mais áreas para a música do que para a própria fala. Cantar está na genética da espécie humana, por isso, aprender música é tão importante para o desenvolvimento da linguagem, da escrita e do raciocínio da criança. Ao aprender um instrumento, nosso cérebro é modificado plasticamente para sempre, desencadeando o aumento das redes neurais, causando um impacto positivo em nossa qualidade de vida.

Partindo desses princípios, de muito estudo, cursos, pesquisas e constatações de resultados, resolvemos transformar a nossa prática da sala de aula – um ensino musical eficiente e qualitativo – em um método de flauta doce denominado *Flauteando*, com linguagem agradável, coerente e gradativa, respeitando a habilidade motora de cada faixa etária.

Este método está dividido em Volume 1 (**Iniciação**), que poderá ser desenvolvido em um ou dois anos, e em Volume 2 (**Intermediário e Avançado**), preferencialmente em dois anos. A leitura melódica é iniciada no Volume 1 a partir da nota **SOL**, por ser a primeira nota definida pela Clave de Sol, e, logo em seguida, a nota **MI**, que, além de compor uma terça melodicamente rica para harmonizar exercícios vocais, proporciona um apoio adequado da postura das duas mãos ao iniciante do instrumento. Considerando que o canto, juntamente com a flauta doce, é prioridade no desenvolvimento musical dos nossos alunos, adaptamos a maioria das canções para a tonalidade de **DÓ** Maior – a mais adequada à tessitura da voz infantil. O canto apoia o aprendizado da flauta, a qual, por sua vez, também beneficia o canto.

As canções e as atividades do *Flauteando – Volume 1* e *Volume 2* – apresentam uma sequência evolutiva, formando um repertório variado e de fácil assimilação, abrangendo canções folclóricas, populares e eruditas, tornando o aprendizado interessante e motivador. As melodias foram cuidadosamente escolhidas e adaptadas para a flauta doce com dedilhado germânico, respeitando a tessitura do instrumento sem perder de vista a harmonia principal.

A leitura rítmica e melódica é iniciada de forma simples, com a prática das primeiras melodias executadas na flauta, desenvolvendo-se gradativamente por meio de exercícios e seguindo as etapas do aprendizado. Ao finalizar os dois volumes, o aluno terá desenvolvido a habilidade da leitura das notas e a compreensão de muitos conceitos musicais, como *Barra de Repetição, Fórmula de Compasso, Sustenido, Bemol, Anacruse*, noções de tonalidade e muito mais.

Em todas as canções do *Flauteando – Volume 1 e Volume 2 –*, que foram gravadas em forma de *playback*, procuramos inserir noções de *Introdução, Interlúdio* e *Finale*, respeitando o andamento e o aprendizado do dedilhado, tornando o estudo do instrumento mais prazeroso e eficaz.

O fato de a maioria das músicas estar escrita em tonalidades de fácil execução ajuda o professor a transferir a leitura das notas musicais para outros instrumentos, incluindo xilofones, metalofones, piano etc., possibilitando um enriquecimento de timbres em momentos de execução das músicas em grupo.

O livro *Flauteando*, por ser didático, possui folhas pautadas e traz diversos exercícios para o treino e a memorização dos conceitos musicais aprendidos. E para tornar o aprendizado em sala de aula ainda mais eficiente e prazeroso, incluímos jogos interativos variados como alternativa para um trabalho de atividade diversificada. Como sugestão, a classe poderá ser dividida em dois grupos e, enquanto uma parte recebe orientações específicas do professor quanto à postura, sopro ou dedilhado, atendendo às diferenças individuais, a outra poderá trabalhar de forma independente, sem a necessidade de maiores intervenções. Este volume traz também a biografia de alguns compositores e os principais hinos pátrios.

Para finalizar, gostaríamos de destacar que, ao longo de mais de trinta anos dessa prática de ensino da música em sala de aula, pudemos perceber um resultado de grande qualidade musical. Assim, este trabalho tornou-se estimulante e motivador, despertando e aumentando cada vez mais em nossos alunos a vontade de aprender música.

A música é uma aquisição para a vida toda!

OS MUSICOTES – INICIAÇÃO

MÉTODO FLAUTEANDO

Palavra aos alunos

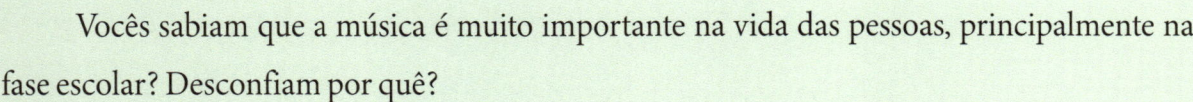

"A música é a primeira arte que conduz às outras artes."
Heitor Villa-Lobos

Vocês sabiam que a música é muito importante na vida das pessoas, principalmente na fase escolar? Desconfiam por quê?

É porque a música melhora o pensamento, a fala, a leitura e até a escrita! Aprendendo a tocar um instrumento, vocês irão desenvolver a audição, o ritmo e a sensibilidade.

A flauta doce é um ótimo instrumento para crianças, pois ajuda a desenvolver tudo isso e muito mais!

Em nosso livro *Flauteando – Tocando e cantando com o folclore,* além de aprender a tocar flauta doce, vocês poderão cantar diversas canções e conhecerão o timbre de alguns instrumentos musicais por meio da famosa história de *Pedro e o Lobo*. Além disso, encontrarão joguinhos para se divertir e treinar o que aprenderam sobre música!

Ah, e irão se alegrar com o jeitinho bem-humorado de ensinar dos passarinhos *Musicotes*, Ritornelo e Clavina, que serão nossas mascotes musicais!

Bom divertimento e um ótimo aprendizado!

Regina, Márcia, Cesar, Marta e Naila

A HISTÓRIA DA FLAUTA DOCE

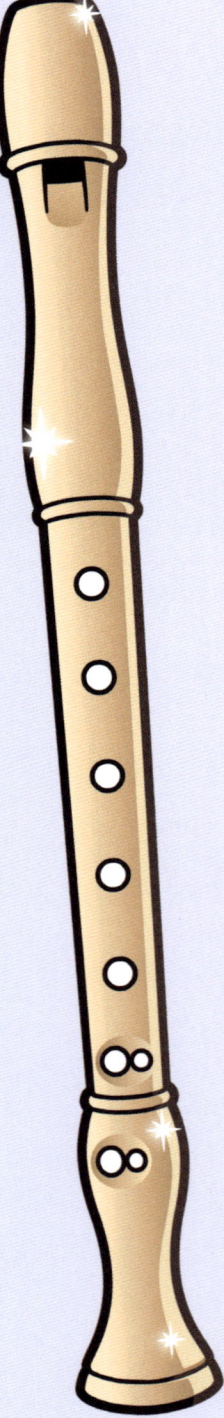

A flauta doce é um instrumento de sopro da família das madeiras. É difícil saber o ano em que ela foi criada, mas, com certeza, é considerada um dos instrumentos musicais mais antigos do mundo.

Sua origem se deu quando o homem, com a intenção de imitar o som dos pássaros, produziu os primeiros instrumentos de sopro de que se tem registro, utilizando materiais como bambus perfurados, argila e até ossos de animais.

A flauta doce foi um dos instrumentos musicais mais populares na Idade Média, época dos reis e seus castelos. Naquele tempo, em ocasiões festivas, eram feitas belas apresentações para os nobres nos salões desses castelos, onde bailarinos dançavam, trovadores* recitavam versos e cantavam, e músicos formavam grupos instrumentais tocando flautas, trompas, gaitas de fole* e alaúdes*.

Grandes mestres da música compuseram obras para flauta doce, entre eles Händel, Vivaldi e Bach.

Você sabia que o nome da flauta doce em inglês é *recorder*? Essa palavra vem do latim *recordare*, que significa recordar, lembrar ou trazer à memória.

Seu som suave, delicado e aveludado deu então o nome a esse maravilhoso instrumento musical chamado flauta doce.

Esperamos que, sempre que tocar sua flauta doce, você tenha boas recordações!

***Trovadores** – artistas da Idade Média que recitavam poesias e cantavam cantigas, acompanhados de instrumentos musicais da época.
***Gaita de fole** – instrumento musical composto por um ou mais tubos melódicos e um insuflador, ambos ligados a um reservatório de ar. Emite uma nota constante em harmonia com o tubo melódico.
***Alaúde** – instrumento musical de cordas, tocado com palheta ou dedilhado. Sua característica é a caixa do corpo em forma de gota.

COMO VOU TOCAR MINHA FLAUTA DOCE?

Para tocar flauta, vamos precisar da ajuda dos dedinhos. **A flauta doce tem sete furos na frente e um atrás.**

Seus dedinhos devem posicionar-se de maneira correta para que, ao movimentá-los, você possa tocar as músicas do nosso livro. Use a polpa dos dedos para que os furinhos fiquem bem tapados.

Na flauta, cada dedinho tem seu lugar, e, de acordo com as notas musicais, eles vão tapando e destapando os furinhos, produzindo, assim, lindas melodias.

Mas cuidado com o sopro: ele deve ser suave! Pense na sílaba TU ou DU, para que sua língua fique posicionada corretamente dentro da boca.

Desenho das mãos

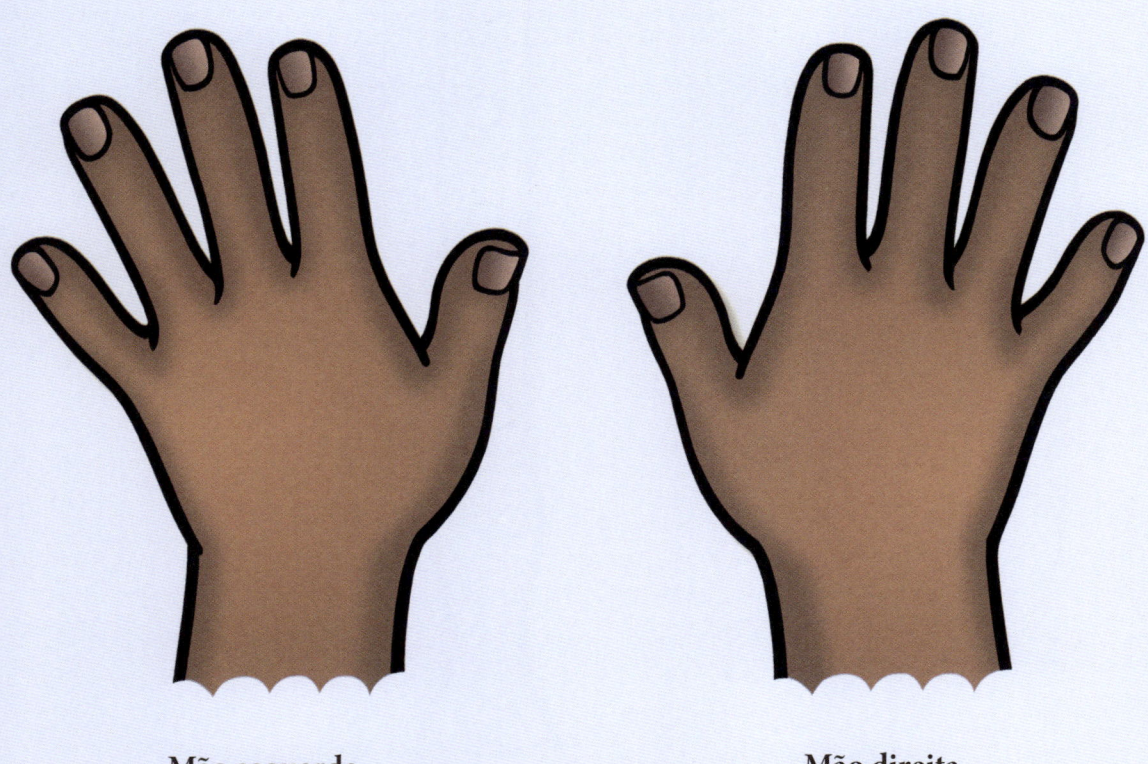

Mão esquerda   **Mão direita**

NOMENCLATURA DA FLAUTA DOCE

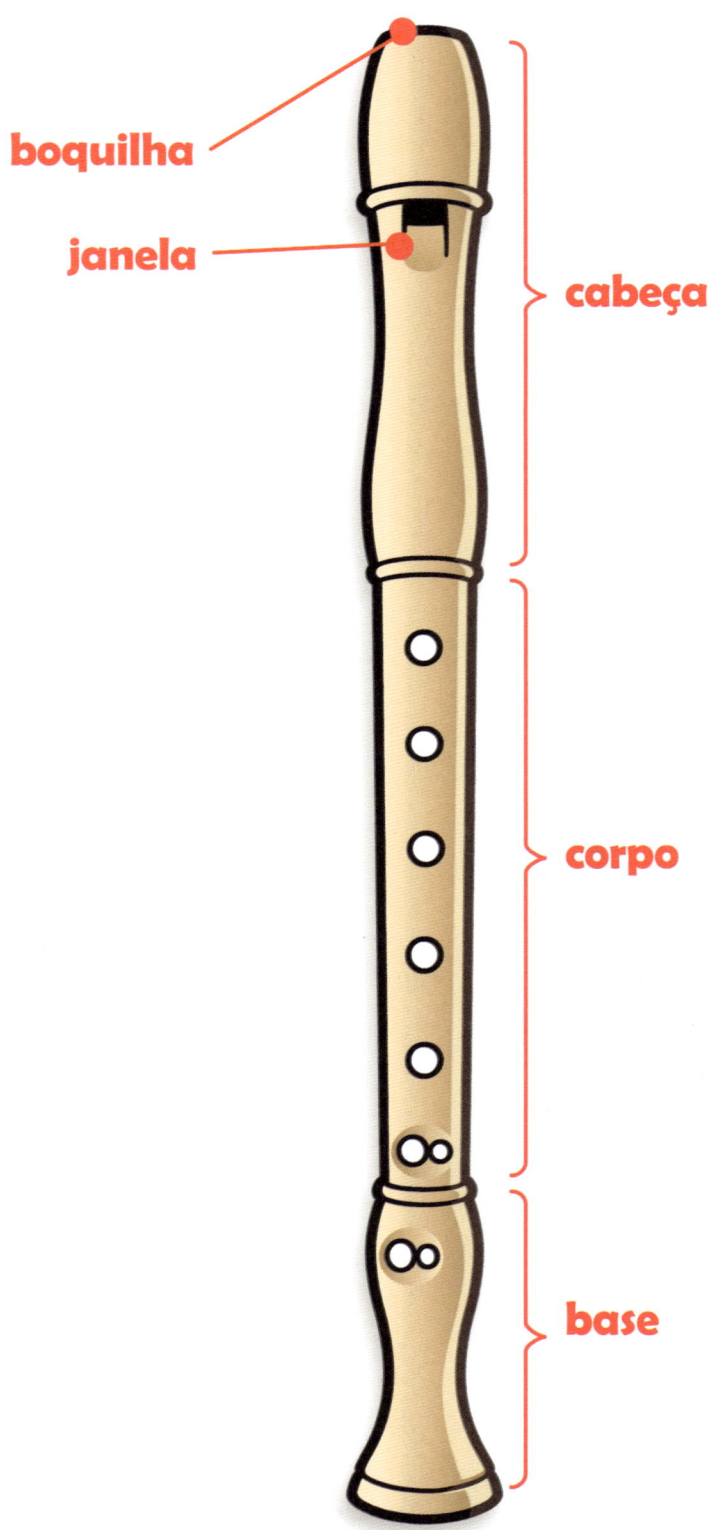

DEDILHADO DA FLAUTA DOCE

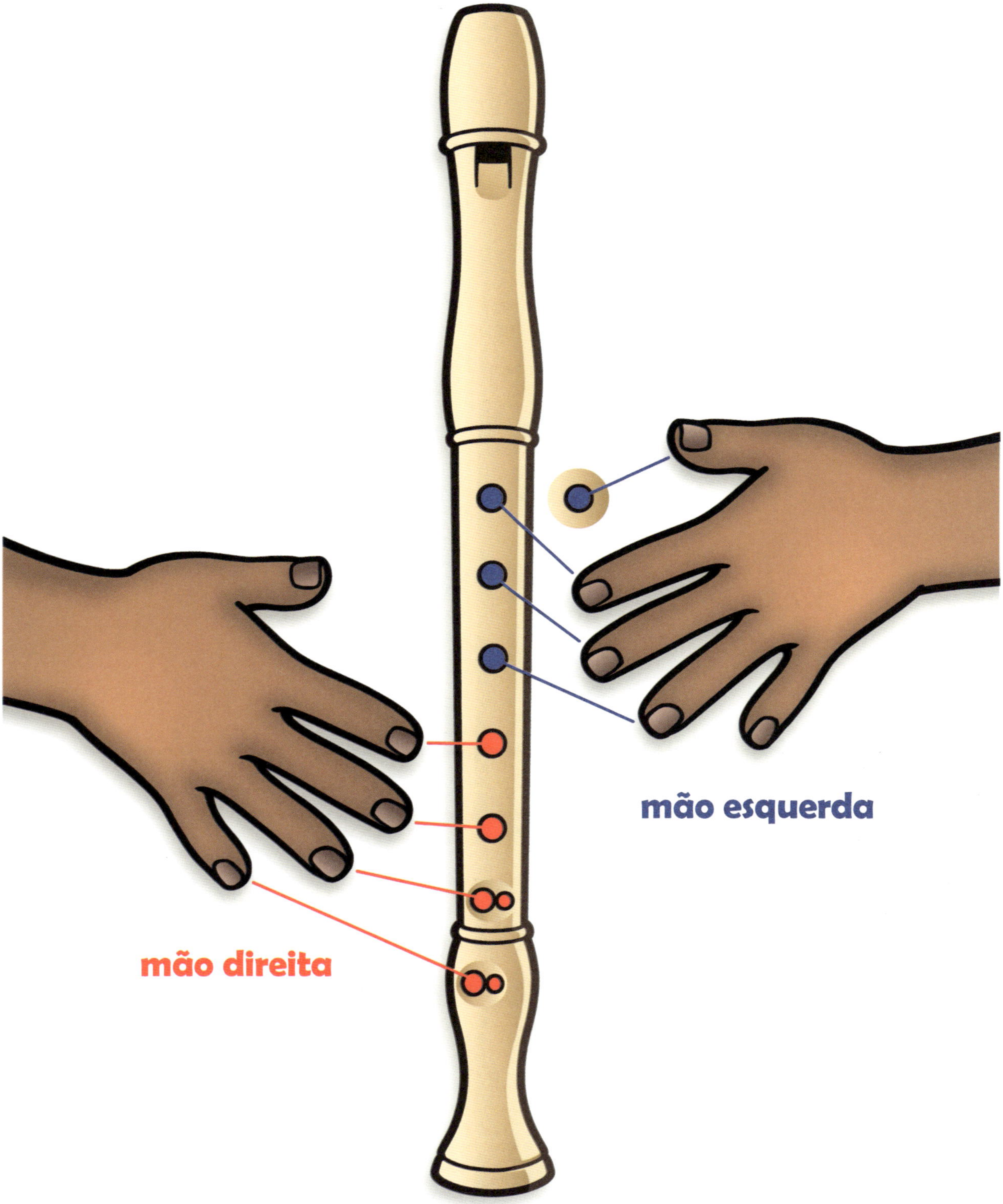

mão esquerda

mão direita

NOTAS MUSICAIS E CLAVE DE SOL

Como vocês já sabem, as **notas musicais são sete:**

DÓ, RÉ, MI, FÁ, SOL, LÁ e SI

Para escrever essas notas, existe uma pauta musical, isto é, um conjunto de cinco linhas e quatro espaços.

Assim, as notas são escritas nas linhas e nos espaços entre elas.

Vamos conhecer as sete notas musicais e a **Clave de Sol**?

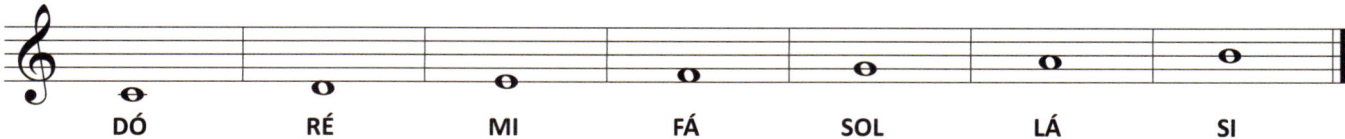

A **Clave de Sol** é responsável pelo nome das notinhas.

Ela deve ser desenhada começando pela segunda linha da pauta musical, definindo, assim, a nota SOL.

Então vamos lá: siga o pontilhado e aprenda a desenhar a Clave de Sol.

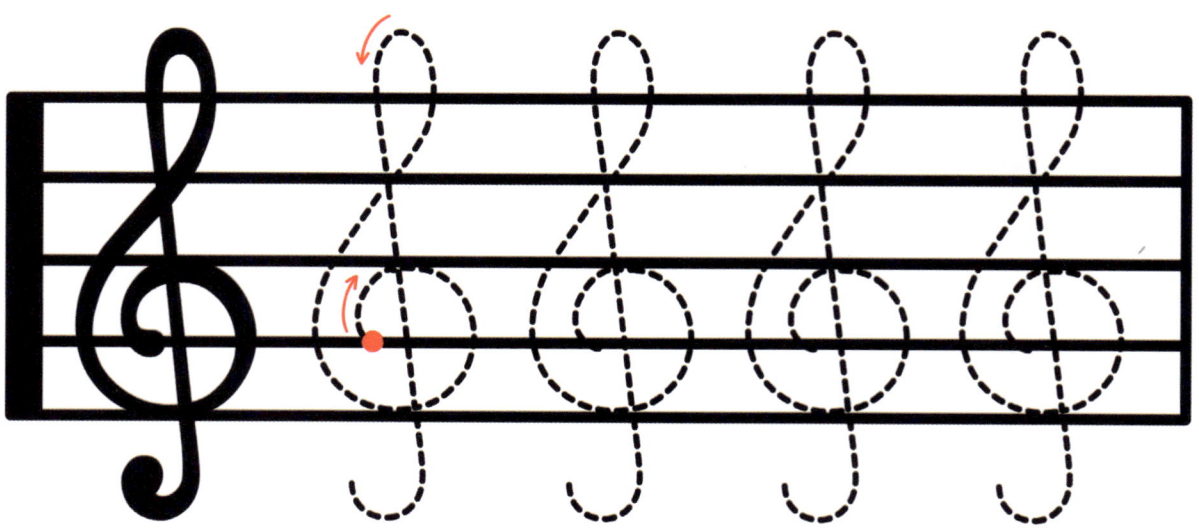

Para aprender bem o nome das notas musicais, visualize o QR Code ao lado e cante esta linda canção! Atenção na subida e na descida da escadinha.

AS NOTINHAS DA ESCALA

Letra e música: Maria Regina B. B. Vertamatti

As notinhas da escala,

Gosto muito de cantar.

Canto sempre com alegria

E assim vou solfejar:

DÓ, RÉ, MI, FÁ, SOL, LÁ, SI, DÓ

DÓ, SI, LÁ, SOL, FÁ, MI, RÉ, DÓ

Escreva nesta escadinha o nome das notas musicais e depois cante a música subindo e descendo os degraus usando seus dedinhos!

NOTA SOL

OI, CRIANÇAS! QUEREMOS ENSINAR A VOCÊS COMO TOCAR FLAUTA DOCE E TAMBÉM O NOME DAS NOTINHAS MUSICAIS.

VAMOS COMEÇAR PELA NOTA SOL!

Vejam que ela está desenhada na segunda linha da pauta musical: **nota SOL**.

Vamos praticar a escrita musical da nota SOL, que fica na segunda linha da pauta:

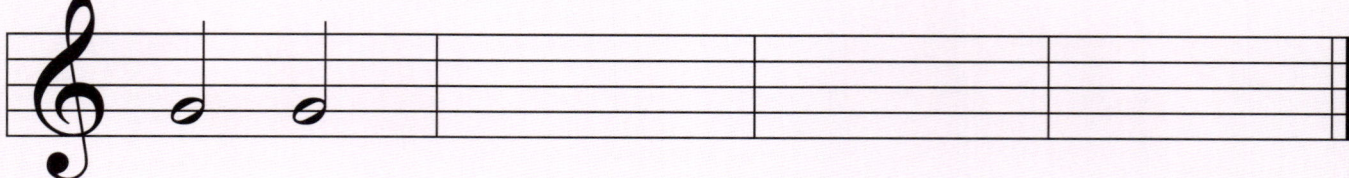

NA PRÓXIMA PÁGINA, VOCÊS IRÃO ENCONTRAR UMA MÚSICA QUE SE CHAMA *JOÃO CAÇADOR*. ATENÇÃO: PRIMEIRO VAMOS CANTAR E, AO FINAL DA FRASE, TOCAR A NOTA SOL QUE ACABAMOS DE APRENDER NA FLAUTA!

JOÃO CAÇADOR

Carmen Maria Mettig Rocha

Carmen Rocha

Carmen Maria Mettig Rocha

Foto: Leto Carvalho

Grande musicista brasileira nascida em Salvador, Bahia. É diplomada em piano, licenciada em Música, em Pedagogia, pós-graduada em Teoria Musical e autora de diversos livros didáticos para piano, flauta, coral infantil, solfejo e canções para iniciação musical, além de dois CDs para Movimento Corporal. Carmen é diretora do Instituto de Educação Musical (IEM) e a representante do método Willems no Brasil, por meio do qual ministra cursos em diversos Estados brasileiros.

Escreva a nota SOL nas linhas abaixo.

João era um caçador ____ ____
Gostava muito de caçar ____ ____
Um dia ele viu um leão, leão...
Fugiu, nunca mais quis voltar! ____ ____

Ligue os pontos de acordo com as cores e descubra por que o João Caçador está fugindo.

Qual nota musical o menino está tocando na flauta? _____

Vamos cantar juntos a música
O passarinho e a flauta

C
Um dia caminhando pela escola
                            Dm
Chamei um passarinho e perguntei:
                     G
– Que nota musical você conhece?
  G7   C
Preciso estudar, eu expliquei!
       C
– Menino, pegue logo sua flauta
  C7   F
E toque o que eu vou te ensinar!
                C
O sopro tem que ser muito suave,
  G   C
E o meu canto pode imitar!

A música do passarinho é muito divertida! Complete os espaços colocando o nome da nota SOL e, depois disso, cante e toque com a sua flauta!

O PASSARINHO E A FLAUTA

Letra e música: Maria Regina B. B. Vertamatti

DÓ, MI, LÁ, SOL, ___ ___ ___

___ FÁ, RÉ, LÁ, SOL, ___ ___ ___

___ DÓ, MI, LÁ, SOL, ___ ___ ___

___ FÁ, MI, RÉ, DÓ, ___ ___ ___

Preencha os copos dos animais que são considerados peçonhentos.

LÁ EM CIMA DO PIANO

Folclore Brasileiro

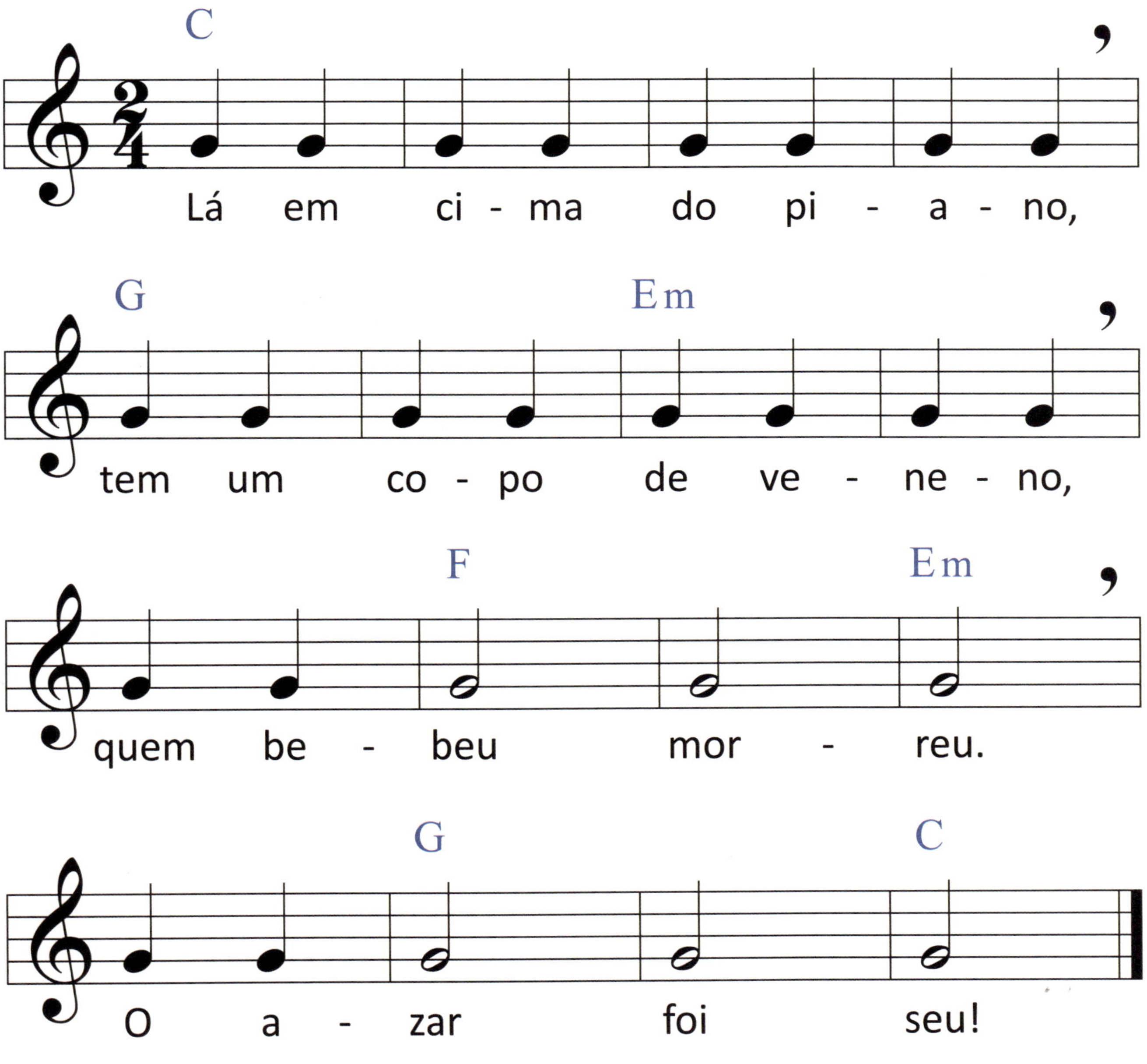

Lá em cima do piano,
tem um copo de veneno,
quem bebeu morreu.
O azar foi seu!

NOTA MI

AGORA QUE VOCÊS JÁ SABEM TOCAR A NOTA SOL, PODEMOS APRENDER A NOTA MI! ELA É MUITO FÁCIL DE TOCAR, POIS BASTA FECHAR BEM OS FURINHOS COMO INDICA O DESENHO NA FLAUTA.

MAS LEMBREM-SE DE SOPRAR SUAVE!

Vejam que ela está desenhada na primeira linha da pauta musical: **nota MI.**

Vamos praticar a escrita musical da nota MI, que fica na primeira linha da pauta:

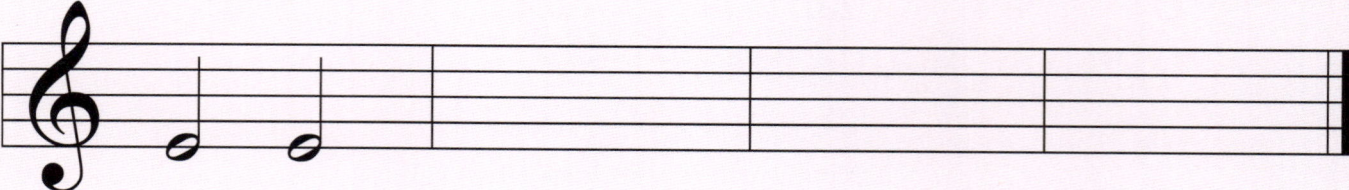

A CADA DIA, NOSSO APRENDIZADO VAI FICANDO MAIS LEGAL! CONTINUEM FAZENDO AS ATIVIDADES PARA MELHORARMOS AINDA MAIS NOSSO CONHECIMENTO MUSICAL!

Encontre a sombra correspondente ao grilo.

Para tocar esta música na flauta, você deverá cantar primeiro e completar a nota MI nos espaços abaixo. Quando o "grilo for cricrilar", faça este som com a flauta na posição da nota MI.

O GRILO

Autor desconhecido

Há um grilo cricrilando,
cricrilando no jardim!
Mas por que cricrila o grilo?
Mas por que cricrila assim?

__ __ __ __ __ __ por que cricrila o grilo?
__ __ __ __ __ __ por que cricrila o grilo?

Há um grilo cricrilando,
cricrilando no jardim!
Mas por que cricrila o grilo?
Mas por que cricrila assim?

__ __ __ __ __ __ por que cricrila o grilo?
__ __ __ __ __ __ por que cricrila o grilo?

Encontre as palavras escondidas no diagrama.

- CAPUZ
- GORRO
- COROA
- VISEIRA
- CARTOLA
- BOINA
- COCAR
- SOMBRERO
- CAPACETE
- TOUCA

Atenção! Quando encontrar este sinal ʼ , você pode respirar, mas não pare de tocar!

LÉO E O CHAPÉU

Folclore Brasileiro

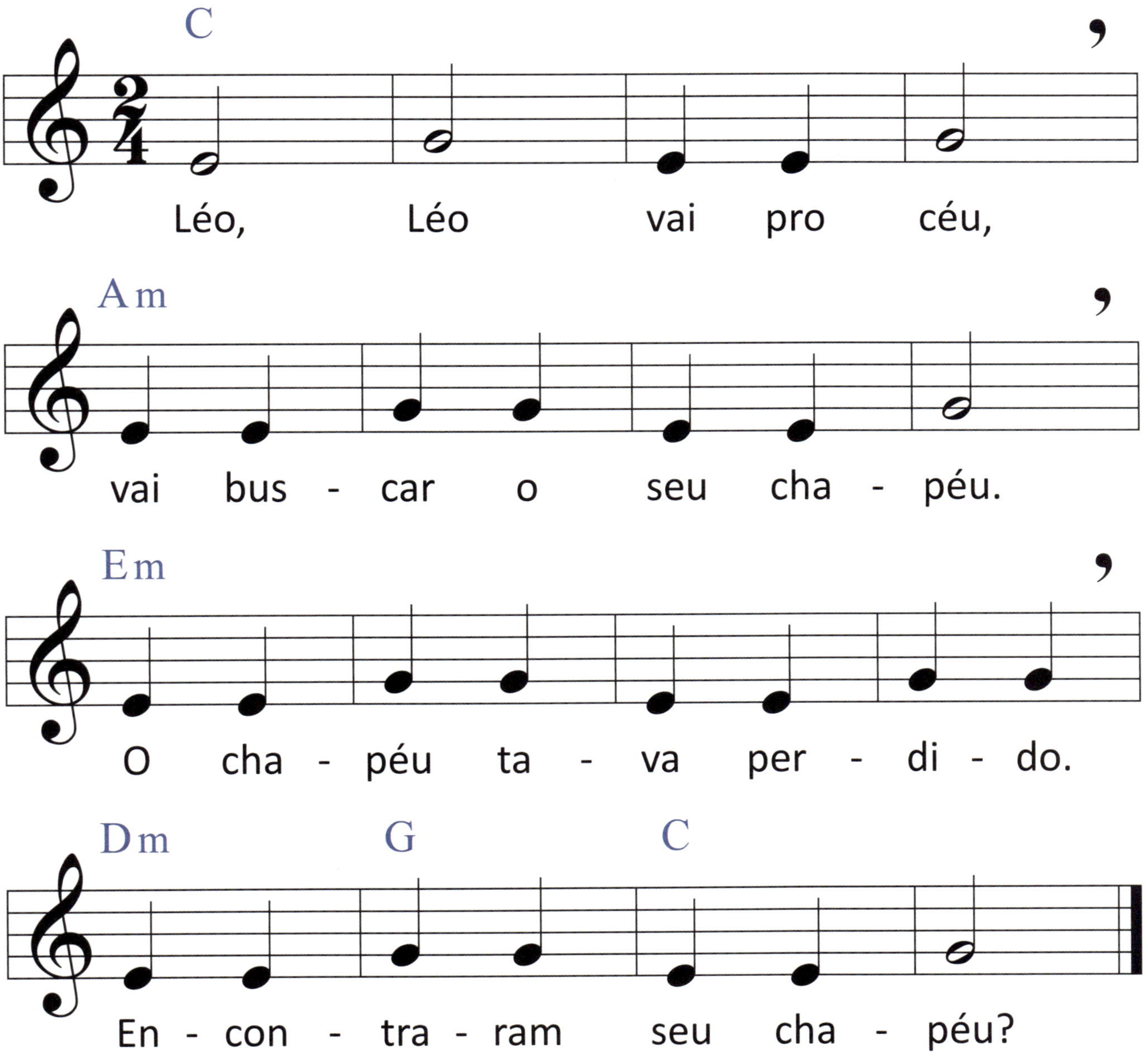

Léo, Léo vai pro céu, ʼ
vai bus - car o seu cha - péu. ʼ
O cha - péu ta - va per - di - do. ʼ
En - con - tra - ram seu cha - péu?

INTRODUÇÃO, INTERLÚDIO E *FINALE*

Quando vocês forem tocar as músicas do nosso livro, prestem atenção que no início há uma **Introdução**. Isso quer dizer que devemos esperar e nos preparar para tocar a flauta.

Mas lembrem-se de que, muitas vezes, após tocar a melodia na flauta, aparece o **Interlúdio**, ou seja, um pequeno trecho musical que escutamos antes de repetir a música que estamos tocando ou cantando.

Depois de tocarmos e cantarmos a música, terminamos com o *Finale*, que é um trecho musical que finaliza a canção.

SERRA, SERRA, SERRADOR

Folclore Brasileiro

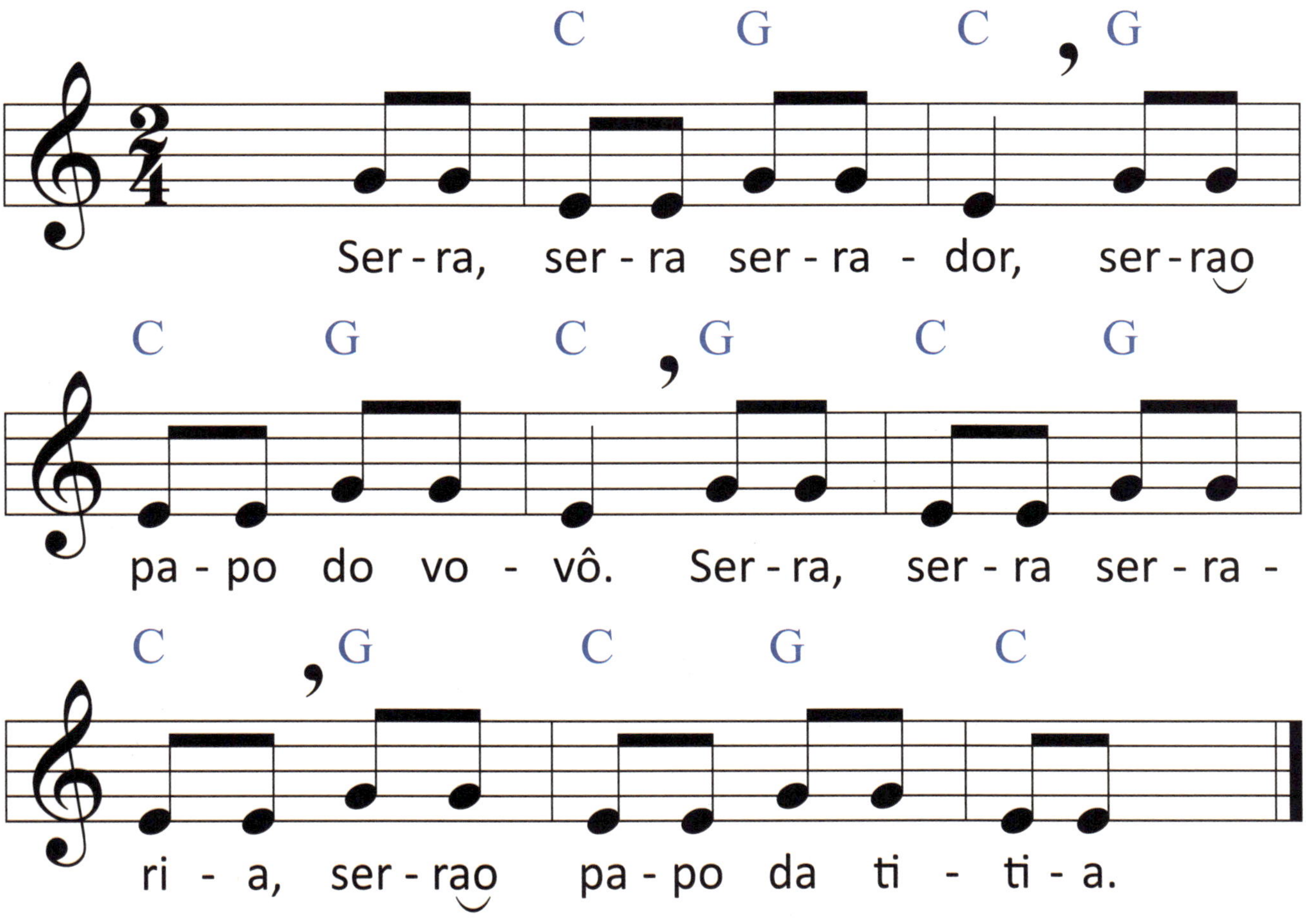

Ser - ra, ser - ra ser - ra - dor, ser - rao pa - po do vo - vô. Ser - ra, ser - ra ser - ra - ri - a, ser - rao pa - po da ti - ti - a.

Desembaralhe as letras e descubra cinco objetos eletrônicos que produzem som.

BARRA DE REPETIÇÃO

OI, CRIANÇAS! ESTA É A BARRA DE REPETIÇÃO. QUANDO ENCONTRÁ-LA EM SUAS MÚSICAS, LEMBREM-SE DE TOCAR O TRECHO NOVAMENTE.

JOÃO RATÃO

Folclore Brasileiro

Dim - dão dim dim dão, vai ca - sar o João Ra-
Dim dão dim dim dão, to - ca to - ca o sa - cris-

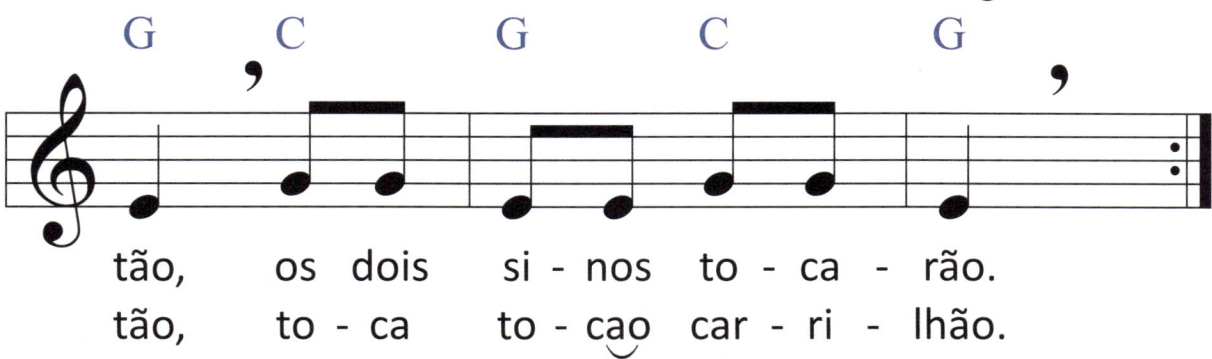

tão, os dois si - nos to - ca - rão.
tão, to - ca to - ca o car - ri - lhão.

Que tal pintar o desenho?

Vamos fazer esta cruzadinha?

1 - NOME DADO AOS PEQUENOS PEDACINHOS DE CHOCOLATE USADOS PARA ENFEITAR BRIGADEIROS.
2 - BEBIDA USADA PARA FAZER SORVETES CREMOSOS.
3 - NOME DADO AO SORVETE DE PALITO.
4 - FRUTA DE COR AMARELADA USADA EM VITAMINAS, BOLOS E SORVETES.
5 - SORVETE TÍPICO DOS ESTADOS UNIDOS, SERVIDO COM CALDA, CHANTILLY E AMENDOIM.
6 - CHOCOLATE REDONDO E RECHEADO.

UNI, DUNI, TÊ

Folclore Brasileiro

U - ni, du - ni, tê, sa - la mê min - guê, um sor - ve - te co - lo - rê, o es - co - lhi - do foi vo - cê.

Será que você consegue encontrar sete diferenças entre as duas figuras?

REI, CAPITÃO

Folclore Brasileiro

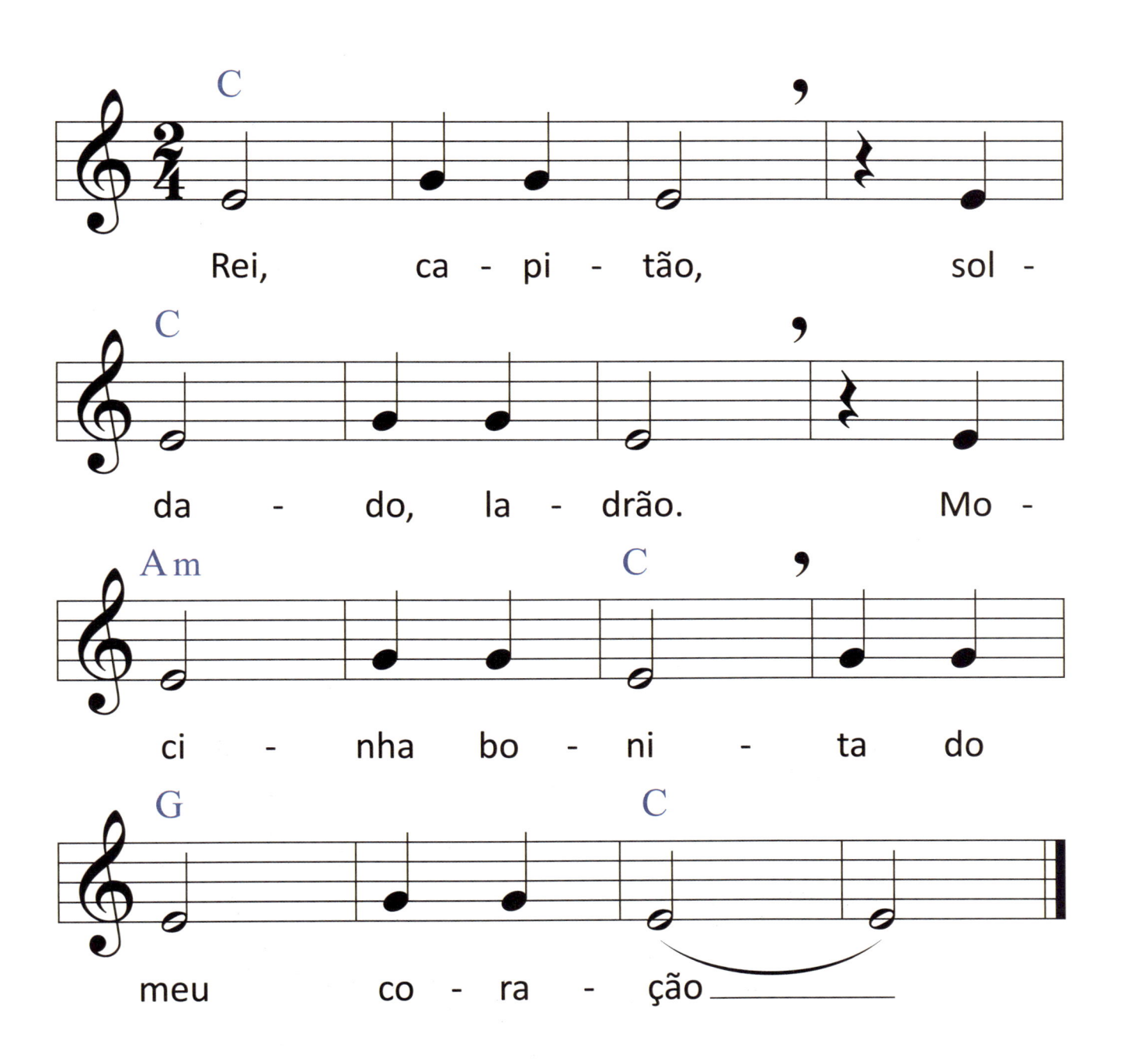

Rei, ca - pi - tão, sol - da - do, la - drão. Mo - ci - nha bo - ni - ta do meu co - ra - ção

Contorne e complete os pertences do gatinho Mimi: arranhador, almofada, novelo de lã, ratinho de brinquedo e potinho de leite.

Complete as notas que estão faltando, toque e cante esta melodia!

GATINHO MIMI

Música: autor desconhecido
Letra: Maria Regina B. B. Vertamatti

_____ mi - a o ga - ti - nho,

_____ es - tá com so - ni - nho.

_____ e vem de man - si - nho,

_____ dei - ta no co - li - nho.

NOTA LÁ

OI, CRIANÇAS! ESTOU AQUI NOVAMENTE PARA APRESENTAR A VOCÊS UMA NOVA NOTINHA MUSICAL: A NOTA LÁ!

LEMBREM-SE DE QUE SEU SOPRO TAMBÉM DEVE SER SUAVE E, AO TOCÁ-LA, PENSEM NA SÍLABA TU OU DU. ATÉ MAIS!

Vejam que ela está desenhada no segundo espaço da pauta musical: **nota LÁ.**

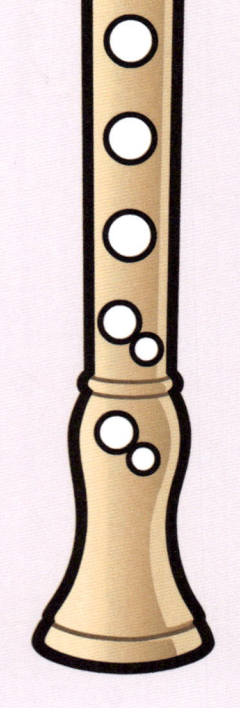

Vamos praticar a escrita musical da nota LÁ, que fica no segundo espaço da pauta:

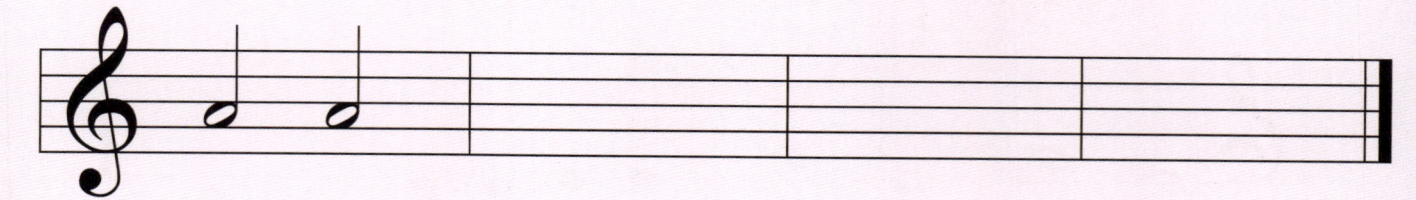

TIQUE, TAQUE, CARAMBOLA

Folclore Brasileiro

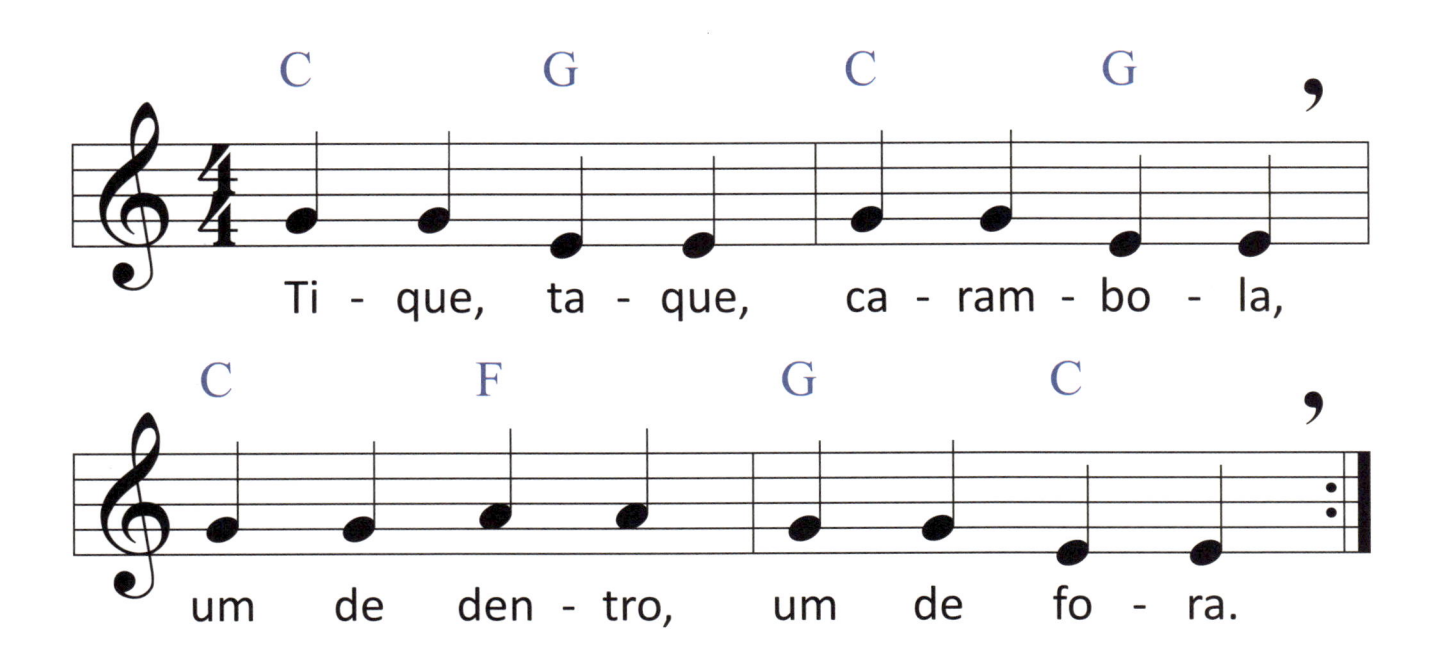

| C | G | C | G |

Ti - que, ta - que, ca - ram - bo - la,

| C | F | G | C |

um de den - tro, um de fo - ra.

Hora da matemática! Vamos resolver os cálculos?

3 + __ = 5

__ + 5 = 11

8 − __ = 5

4 + 5 = __

7 + 2 = __

VAMOS CONVERSAR?

Com certeza você está gostando muito de tocar flauta doce! Escreva abaixo o que mais gostou de aprender até agora:

_____
_____
_____
_____
_____
_____
_____
_____

> VOCÊS SABIAM QUE COM A FLAUTA DOCE PODEMOS TOCAR LINDAS MELODIAS E TAMBÉM IMITAR O SOM DOS PÁSSAROS?

COMPASSO

Oi, crianças! Vamos aprender o que é compasso?

Compasso é a divisão da música em pequenas partes. Os compassos são separados por uma pequena linha vertical dentro da pauta, chamada de barra de compasso.

Pinte este desenho bem bonito!

TOQUE, TOQUE

Folclore Brasileiro

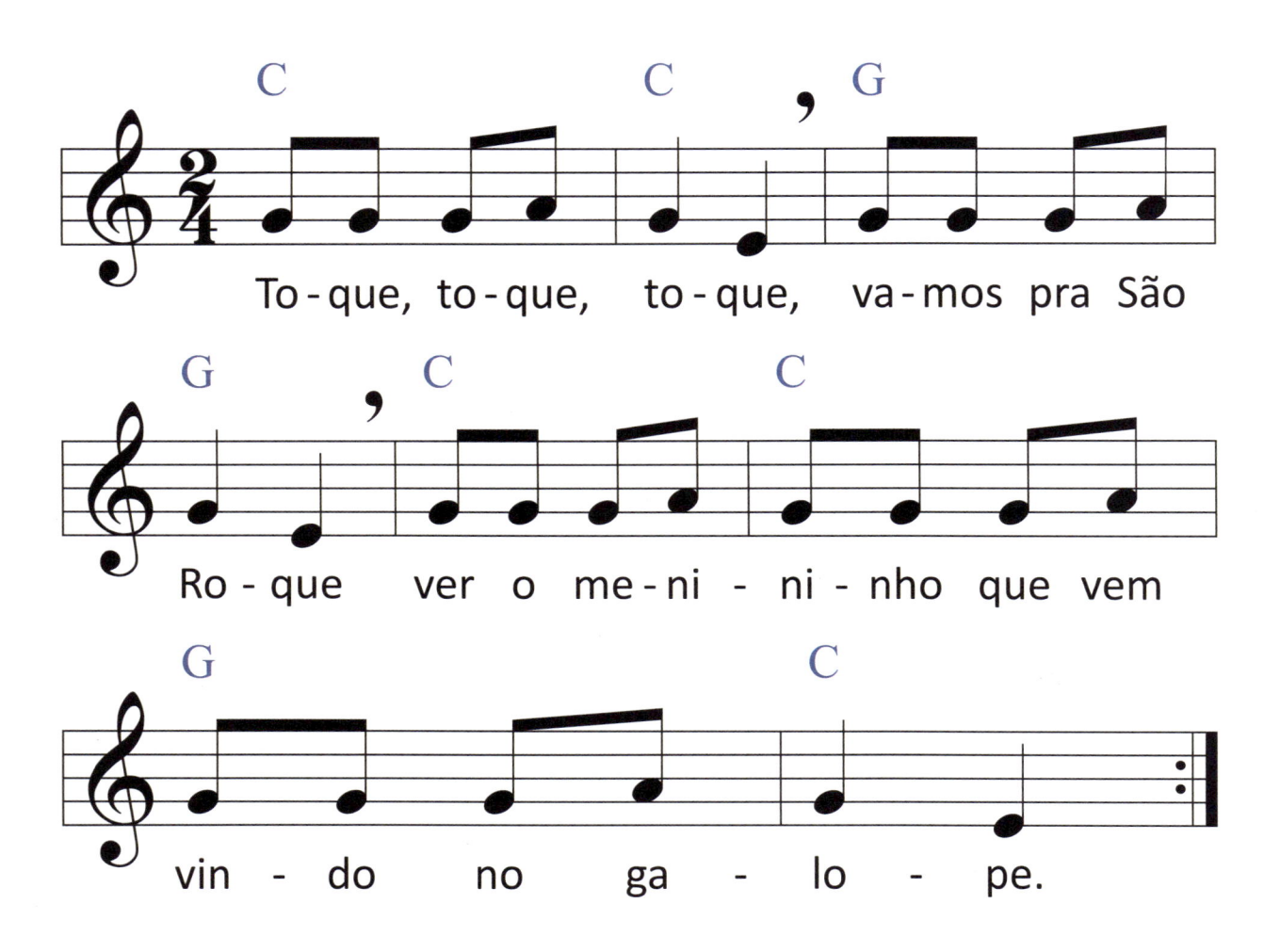

To-que, to-que, to-que, va-mos pra São Ro-que ver o me-ni-ni-nho que vem vin-do no ga-lo-pe.

Vamos responder?

1. Quantos compassos tem esta música?

2. Qual é o nome da primeira nota da música *Toque, toque*?

3. Esta música deve ser tocada duas vezes. Por quê?

NOTA FÁ

OLÁ, CRIANÇAS! ESTA É A NOTA FÁ!

COM ELA, VOCÊS PODERÃO TOCAR VÁRIAS MÚSICAS. VAMOS TENTAR?

Vejam que ela está desenhada no primeiro espaço da pauta musical: **nota FÁ.**

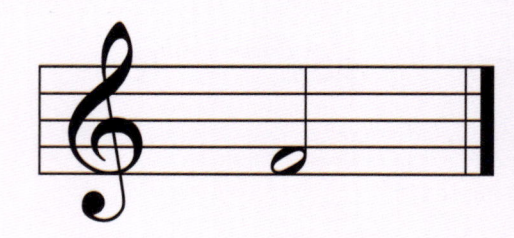

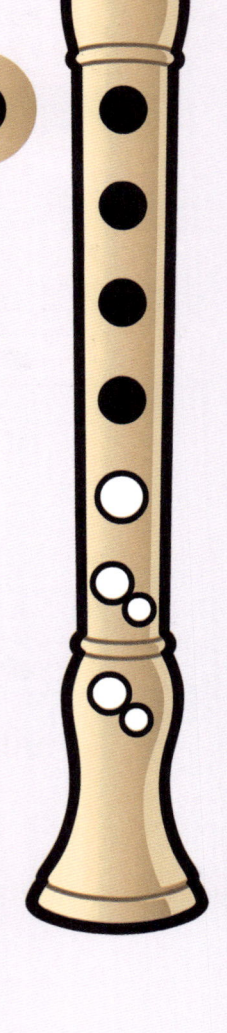

Vamos praticar a escrita musical da nota FÁ, que fica no primeiro espaço da pauta:

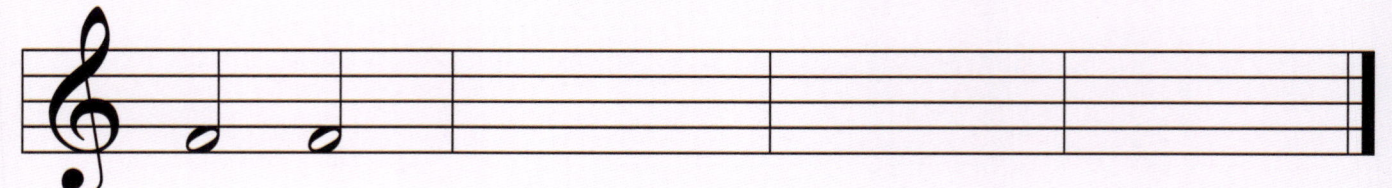

DIN DON

Folclore Espanhol

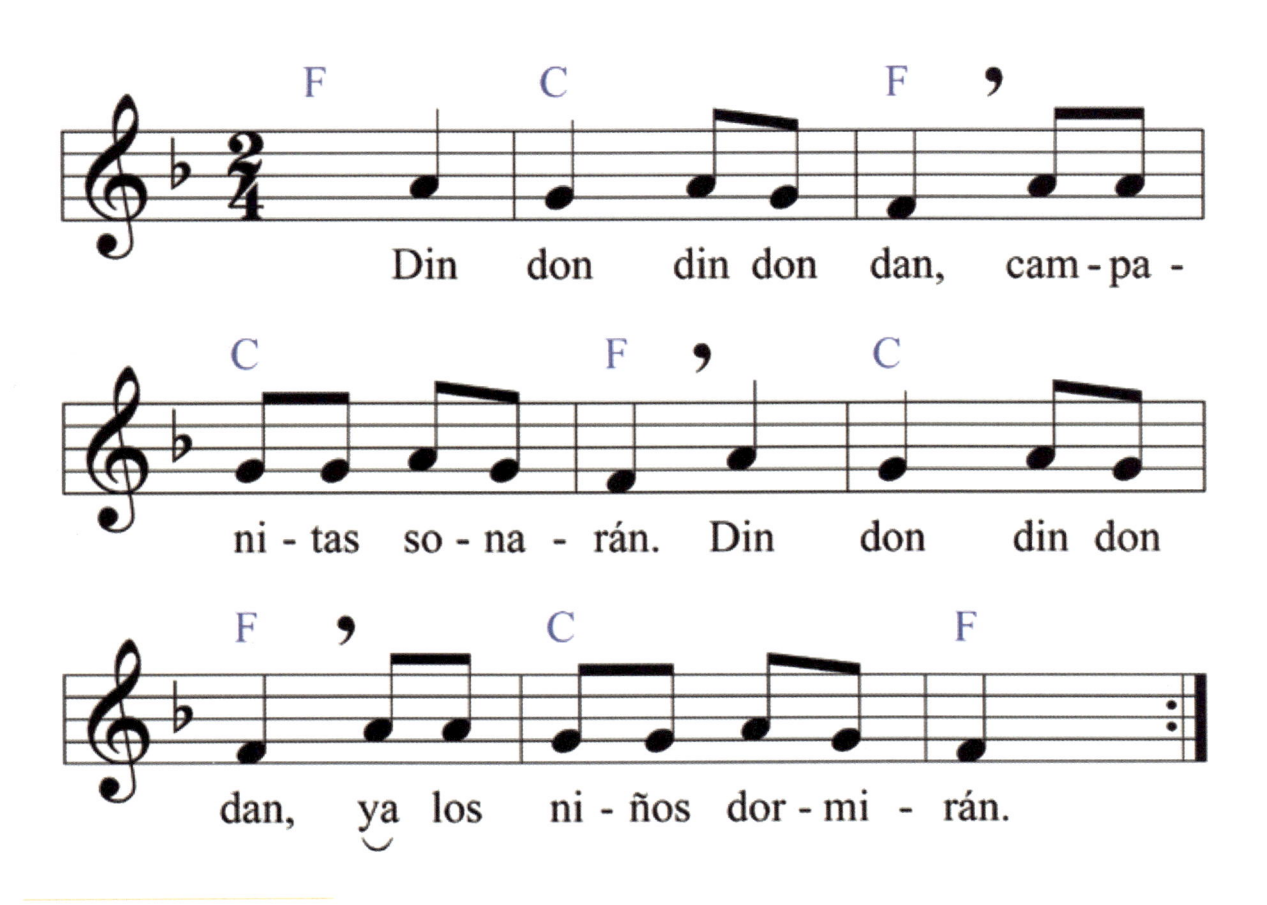

Din don din don dan, cam-pa-ni-tas so-na-rán. Din don din don dan, ya los ni-ños dor-mi-rán.

Sobrepondo as quatro figuras, qual é o resultado?

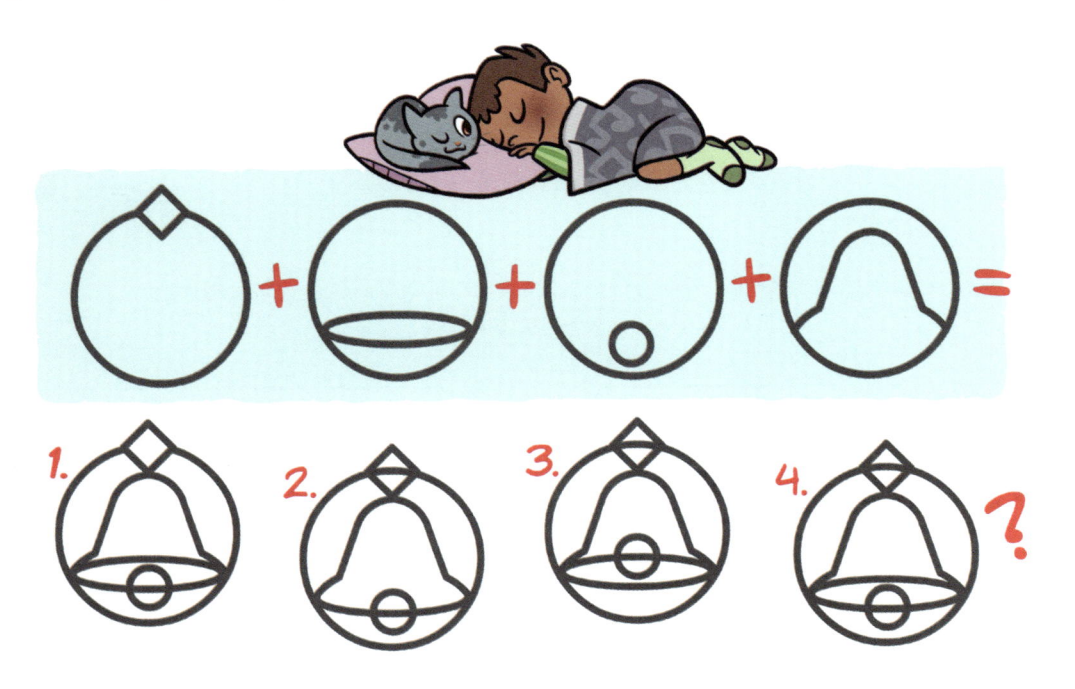

1. 2. 3. 4. ?

NOTA RÉ

OI, CRIANÇAS! VAMOS CONHECER A NOTA RÉ? PARA TOCÁ-LA, TEREMOS QUE USAR MAIS UM DEDINHO DA MÃO DIREITA!

MAS ATENÇÃO: O SOPRO CONTINUA SENDO SUAVE!

Vejam que ela está encostadinha na pauta musical: **nota RÉ**.

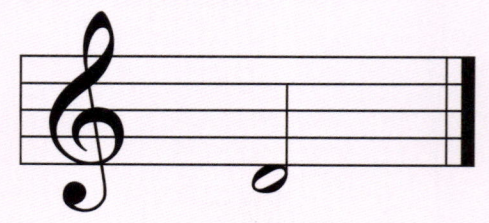

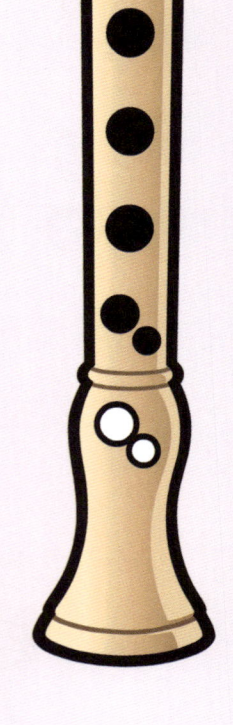

Vamos praticar a escrita musical da nota RÉ, que fica encostadinha na pauta:

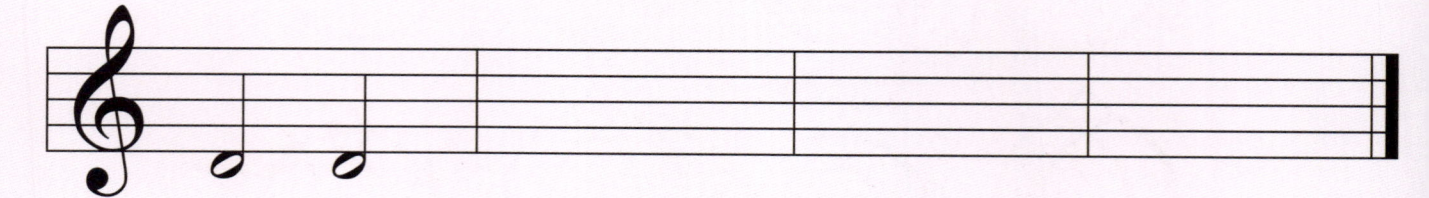

POC, POC, POC

Folclore Brasileiro

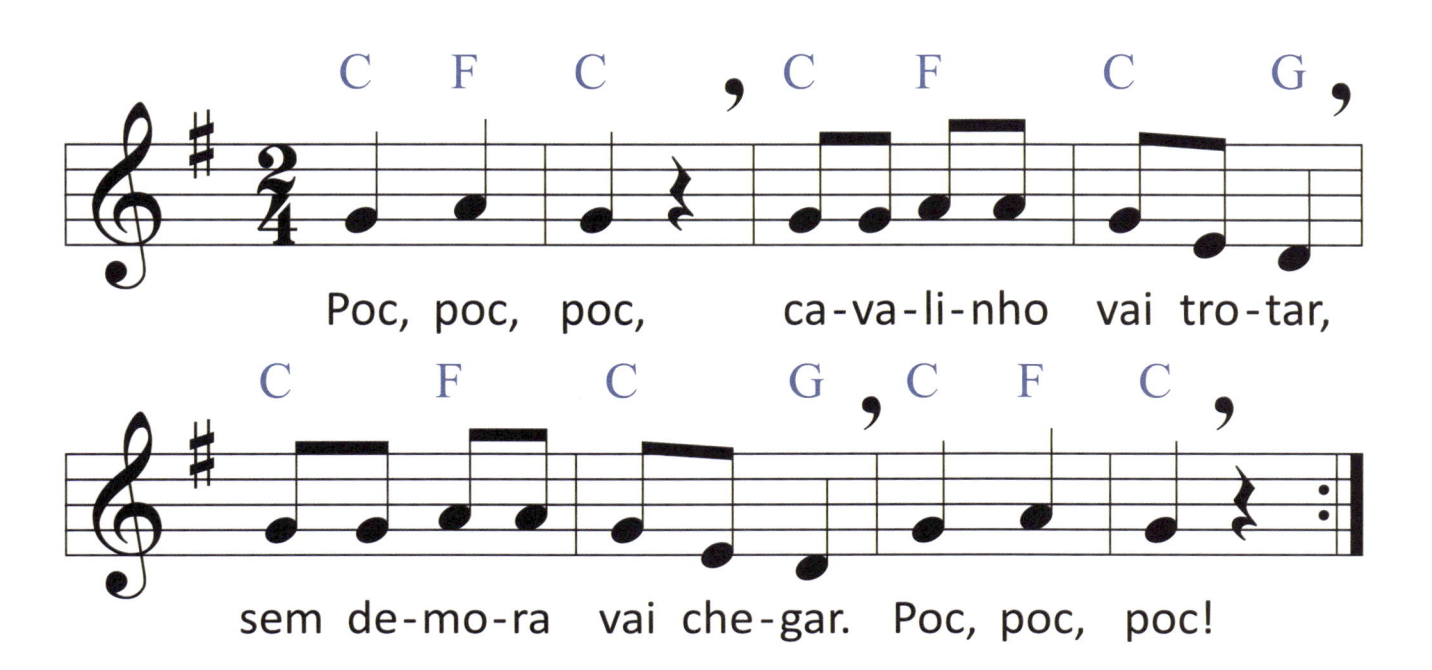

Poc, poc, poc, ca-va-li-nho vai tro-tar,
sem de-mo-ra vai che-gar. Poc, poc, poc!

Marque qual dos retalhos não corresponde ao desenho dos cavalinhos.

FIGURAS MUSICAIS

As figuras musicais representam a duração do som. Por meio desta pequena história, vamos aprender seus nomes e como é sua divisão!

Joãozinho é um menino muito estudioso e está gostando muito de aprender a tocar flauta. Um dia, quando chegou a sua casa após a escola, seu pai o presenteou com uma deliciosa barra de chocolate. E, enquanto esperava sua mãe para o almoço, lendo um livro, sem perceber, comeu a barra inteira de chocolate. Ele gostou muito, mas quem não achou nada bom foi sua mãe, porque naquele dia Joãozinho perdeu a fome e não conseguiu almoçar.

No dia seguinte, para a surpresa do menino, seu pai lhe trouxe novamente outra barra de chocolate, mas desta vez seu pai disse:
– Vou dividir este chocolate com você, meu filho, mas só o comeremos de sobremesa.

No outro dia, Joãozinho ao chegar a sua casa encontrou seus dois primos, que o esperavam para o almoço. Para alegria de todos, seu pai chegou novamente com outra barra de chocolate, mas, desta vez, teve que dividi-la em quatro partes: Joãozinho, seu pai e os dois primos.

Na sexta-feira, como sempre, Joãozinho convidou cinco amigos para jogar futebol – já era quase fim de semana e, portanto, poderiam brincar à vontade!

No final do dia, seu pai, mais uma vez, trouxe outra barra de chocolate, só que, como havia muita gente, teria que dividi-la com todos. A barra de chocolate foi dividida, então, entre oito pessoas: Joãozinho, seu pai, sua mãe e os cinco amigos.

HUM! DEPOIS DE TANTO OUVIR FALAR EM CHOCOLATE, NÃO DEU UMA VONTADE DE COMER UM PEDAÇO?

FIGURAS

Para ler e escrever música, precisamos das notas, das **figuras** e de suas pausas.

As figuras têm diferentes formatos. Cada uma indica quanto tempo o som deve durar. Algumas figuras têm maior duração; e outras, menor duração e são chamadas de **valores positivos**. Elas representam o som!

Vejam o quadro abaixo:

Semibreve							
Mínima				Mínima			
Semínima		Semínima		Semínima		Semínima	
Colcheia	Colcheia	Colcheia	Colcheia	Colcheia	Colcheia	Colcheia	Colcheia

PAUSAS

O silêncio é indicado na música por sinais chamados de **pausas.** Cada figura musical tem sua pausa correspondente. As pausas têm a mesma duração que suas figuras correspondentes e podem ser chamadas de **valores negativos**.

Observem o quadro abaixo:

Pausa da semibreve							
Pausa da mínima							
Pausa da semínima							
⅄	⅄	⅄	⅄	⅄	⅄	⅄	⅄
Pausa da colcheia							

CRUZADINHA

Complete os espaços.

1. Preciso do __ __ __ para fazer música!

2. Escrevo as notas musicais na __ __ __ __ __ .

3. Meu sopro tem que ser __ __ __ __ __ .

4. Os passarinhos são irmãos. __ __ __ __ __ __ __ é o nome dela.

5. Minha flauta chama-se flauta __ __ __ __ .

6. A clave de __ __ __ aparece no início da pauta.

7. A flauta é um __ __ __ __ __ __ __ __ __ __ musical.

8. __ __ __ __ __ __ __ __ é o nome do irmão da Clavina, que são os passarinhos que aparecem em nosso livro.

9. As notas são escritas nas linha e nos __ __ __ __ __ __ .

O MEU RELÓGIO

Música: Autor desconhecido
Letra: Maria Regina B. B. Vertamatti

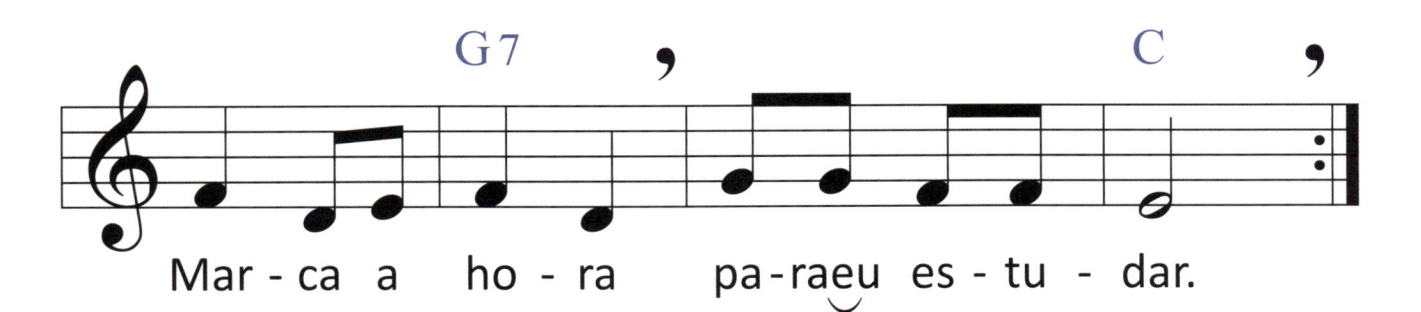

O meu re - ló - gio an - da sem pa - rar.
Mar - ca a ho - ra pa - ra eu es - tu - dar.

Marque nos relógios os horários de sua rotina.

ESTUDAR   ACORDAR   DORMIR   ALMOÇAR

NOTA DÓ GRAVE

CRIANÇAS, VOCÊS ESTÃO APRENDENDO CADA VEZ MAIS! AGORA QUERO ENSINAR UMA NOTINHA ESPECIAL: É O DÓ.

MAS ATENÇÃO: AGORA TODOS OS SEUS DEDINHOS SERÃO USADOS NA POSIÇÃO DESSA NOTA. CAPRICHEM NO SOPRO PARA QUE O SOM DESSA NOTA SAIA BEM BONITO!

Vejam que ela está desenhada abaixo da pauta musical, em uma pequena linha: **nota DÓ**.

Vamos praticar a escrita musical da nota DÓ, que fica abaixo da pauta, em uma pequena linha:

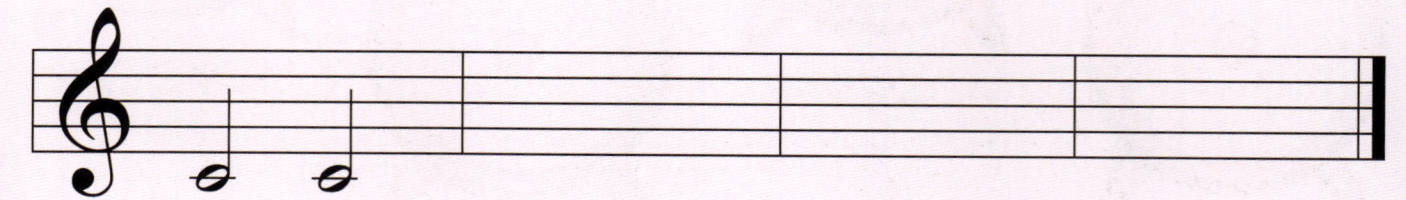

OS TRÊS PATINHOS

Folclore Alemão | Versão em português: Maria Regina B. B. Vertamatti

Lá naquele lago nadam três patinhos, nadam três patinhos; muito sorridentes, muito engraçadinhos.

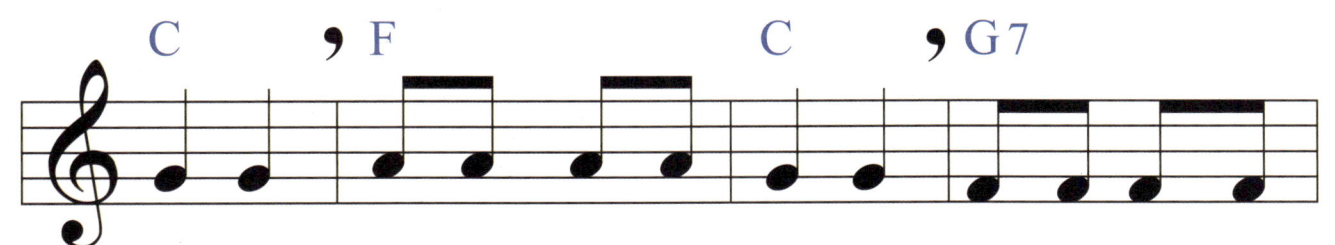

Sua brincadeira é nadar juntinhos, é nadar juntinhos; nunca ficam tristes, nunca estão sozinhos.

Marque quais objetos não estão relacionados com água.

Vamos contar quantos carneirinhos estão embaralhados? _____

O PASTORZINHO

Folclore Brasileiro

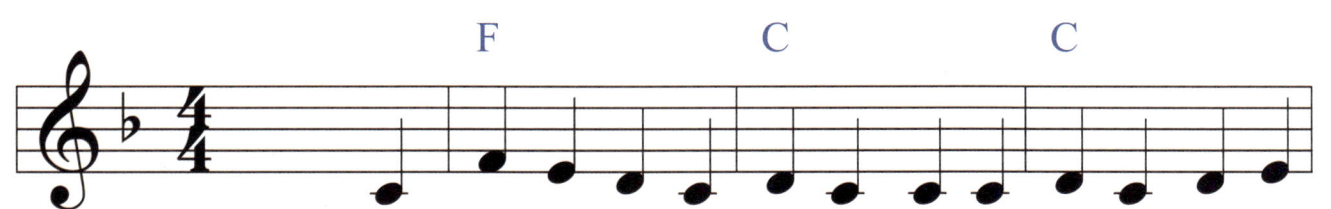

Ha - via um pas-tor - zi-nho que vi - vi - a a pas-to-
Che - gan-do ao pa - lá-cio, a ra - i-nha lhe fa-

rar. Sa - iu de su - a ca - sa e pôs-se a can-
lou: —A le-gre pas-tor - zi - nho, seu can-to me a-gra-

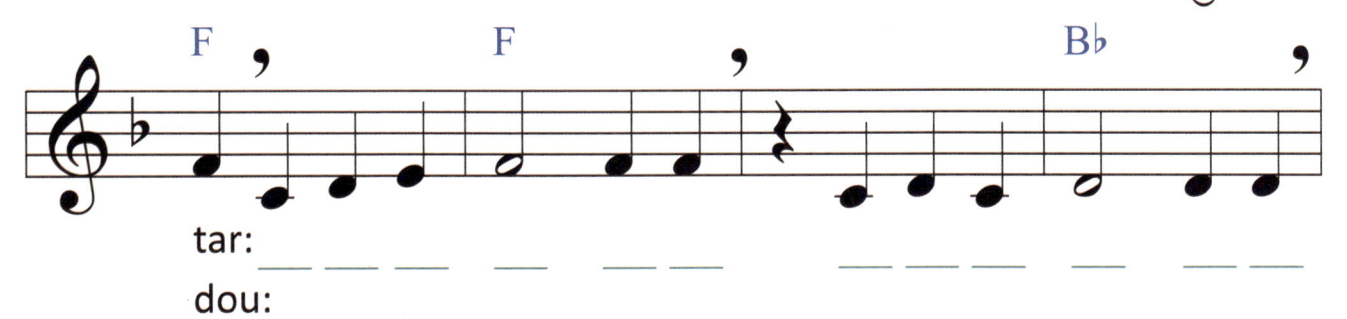

tar: _____
dou: _____

_____

> Escreva o nome das notas nas linhas acima.
> Agora cante esta linda música e toque na flauta
> as notas que você completou!

A música *Eu já sei solfejar* vem de uma canção folclórica alemã chamada *Hänschen Klein*. Você sabia que solfejar é cantar o nome das notas?

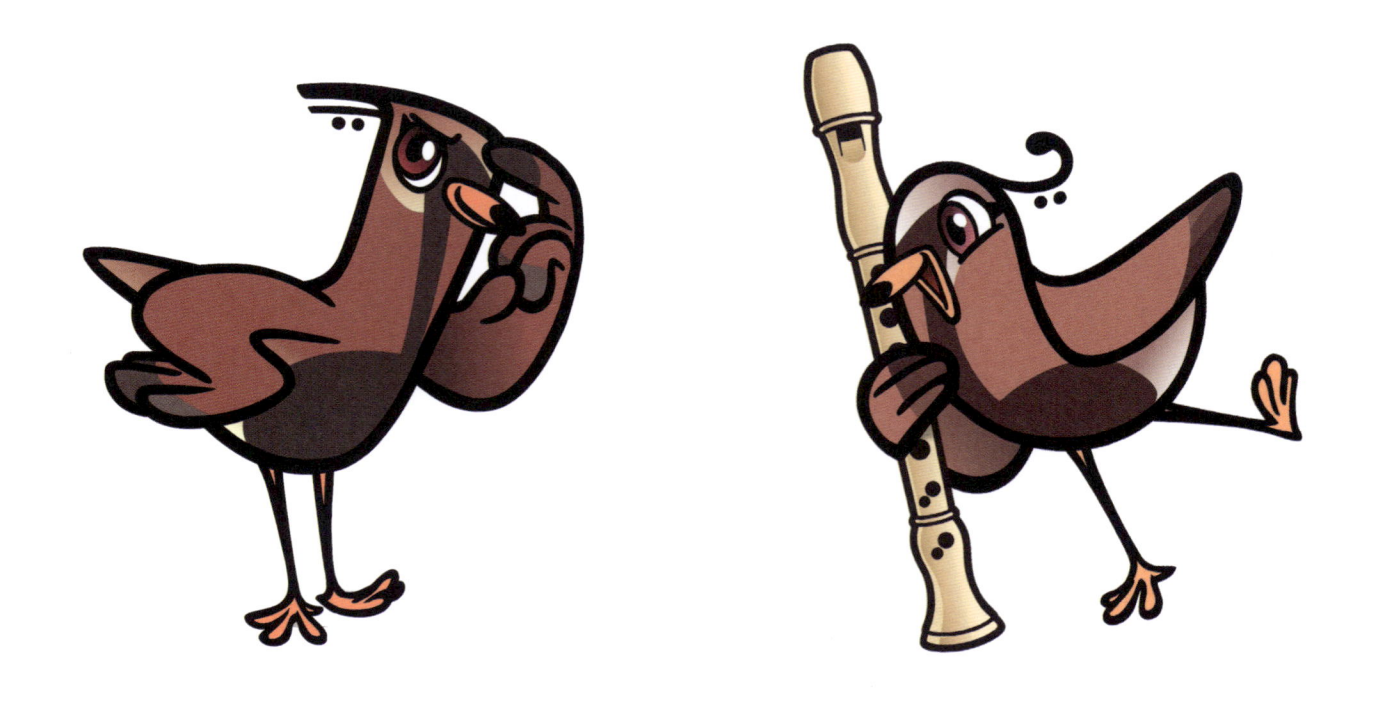

Escreva nas linhas abaixo o nome das notas musicais.

EU JÁ SEI SOLFEJAR

Folclore Alemão | Versão em português: autor desconhecido

Eu já sei solfejar: _ _ _ _ _ _

Eu também sei cantar:

Meus a-mi-gos, ve-nham ver co-mo é fá-cil sol-fe-jar.

Va-mos já sol-fe-jar: _ _ _ _ _ _

PONTO DE AUMENTO

OI, CRIANÇAS! VAMOS APRENDER O QUE É PONTO DE AUMENTO?

O PONTO QUE FICA AO LADO DA NOTINHA QUER DIZER QUE SUA DURAÇÃO DEVE SER AUMENTADA EM METADE DO SEU VALOR.

𝅗𝅥. = 𝅗𝅥 + ♩

♩. = ♩ + ♪

CAI, CAI, BALÃO

Folclore Brasileiro

Cai, cai, ba-lão! Cai, cai, ba-lão, a-qui na mi-nha mão. Não cai não, não cai não, não cai não. Cai na ru-a do sa-bão!

Marque qual caminho fará com que o balãozinho caia na rua.

NOTA SI

E AGORA, CRIANÇAS, VOU APRESENTAR A NOTA SI. PARA TOCÁ-LA, VOCÊS PRECISAM FECHAR SOMENTE DOIS FURINHOS DE SUA FLAUTA. PENSEM NA SÍLABA TU OU DU PARA TOCÁ-LA.

E ATENÇÃO PARA O SOPRO!

Vejam que ela está desenhada na terceira linha da pauta musical: **nota SI**.

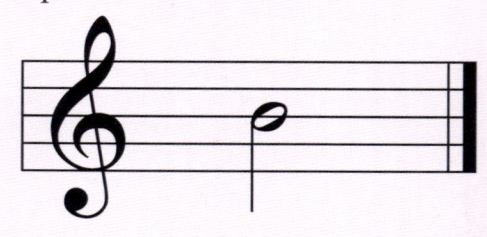

Vamos praticar a escrita musical da nota SI, que fica na terceira linha da pauta:

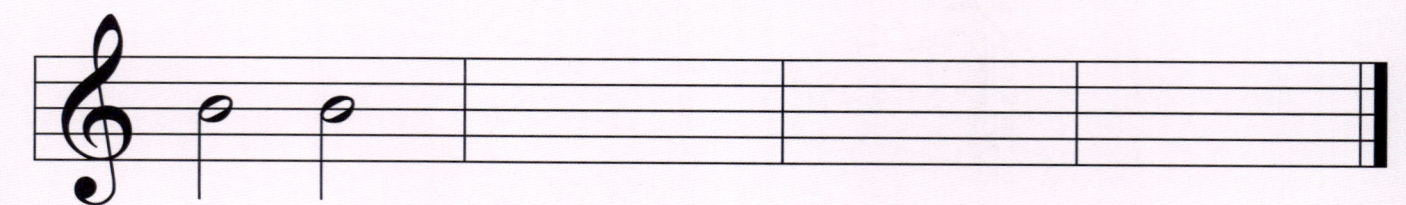

MARY HAD A LITTLE LAMB

Folclore Americano | Letra: Sarah Josepha Hale

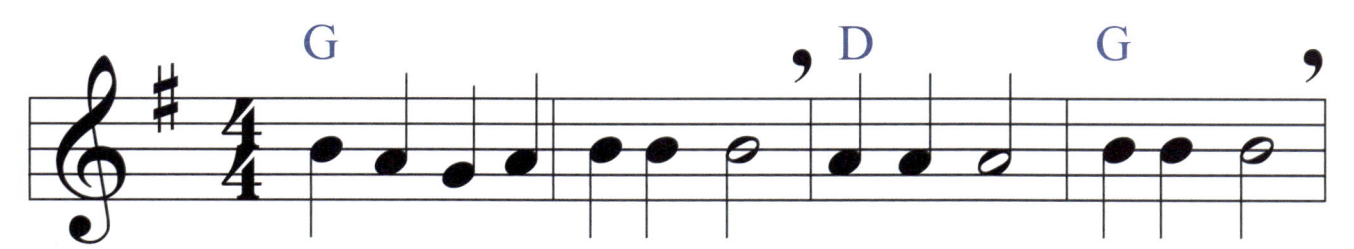

Ma-ry had a lit-tle lamb, lit-tle lamb, lit-tle lamb.
Ma-ry had a lit-tle lamb, its fleece was white as snow.

Vamos desenhar a outra metade das expressões dos carneirinhos?

Hora do desafio

Com a próxima música chamada *Guten Morgen*, você vai conhecer algumas palavras em alemão!

Que tal escrever em português o significado destas palavras?

Sonne _ _ _

Vogel _ _ _ _ _ _ _

Wind _ _ _ _ _

Kind _ _ _ _ _ _ _

Guten Morgen _ _ _ _ _ _

SON_E

V_GEL

_IND

KI_D

GUTEN MORGEN

Folclore Alemão

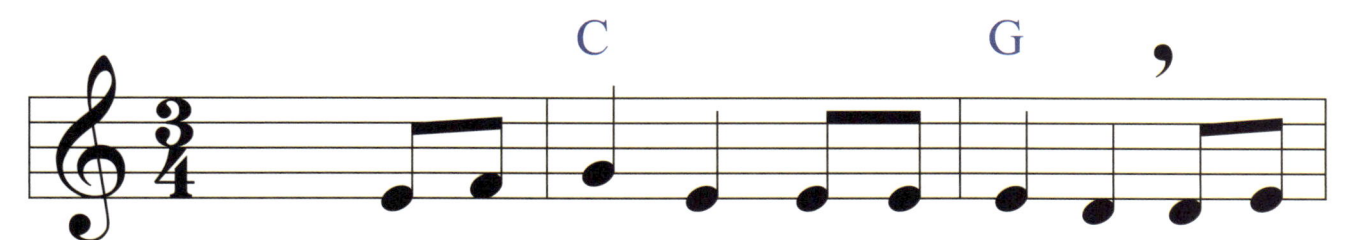

Gu-ten Mor-gen, ruft die Son-ne, gu-ten Mor-gen, ruft der Wind. Gu-ten Mor-gen, ruft der Vo-gel, gu-ten Mor-gen, lie-bes Kind.

Leve o soldadinho até a bandeira, mas cuidado com o fogo!

MARCHA, SOLDADO

Folclore Brasileiro

Mar - cha, sol - da - do, ca - be - ça de pa - pel, quem não mar - char di - rei - to vai pre - so pro quar - tel. O quar - tel pe - gou fo - go, Fran - cis - co deu si - nal: –A - co - dea - co - dea - co - dea ban - dei - ra na - cio - nal.

O nome original da música Bate o Sino é *Jingle Bells*. Sugerimos que você cante na primeira parte e, quando chegar o refrão, pegue sua flauta e toque! Vai ficar muito bonito!
Refrão: Parte principal de uma música.

Copie o caminho para saber o título da música em inglês.

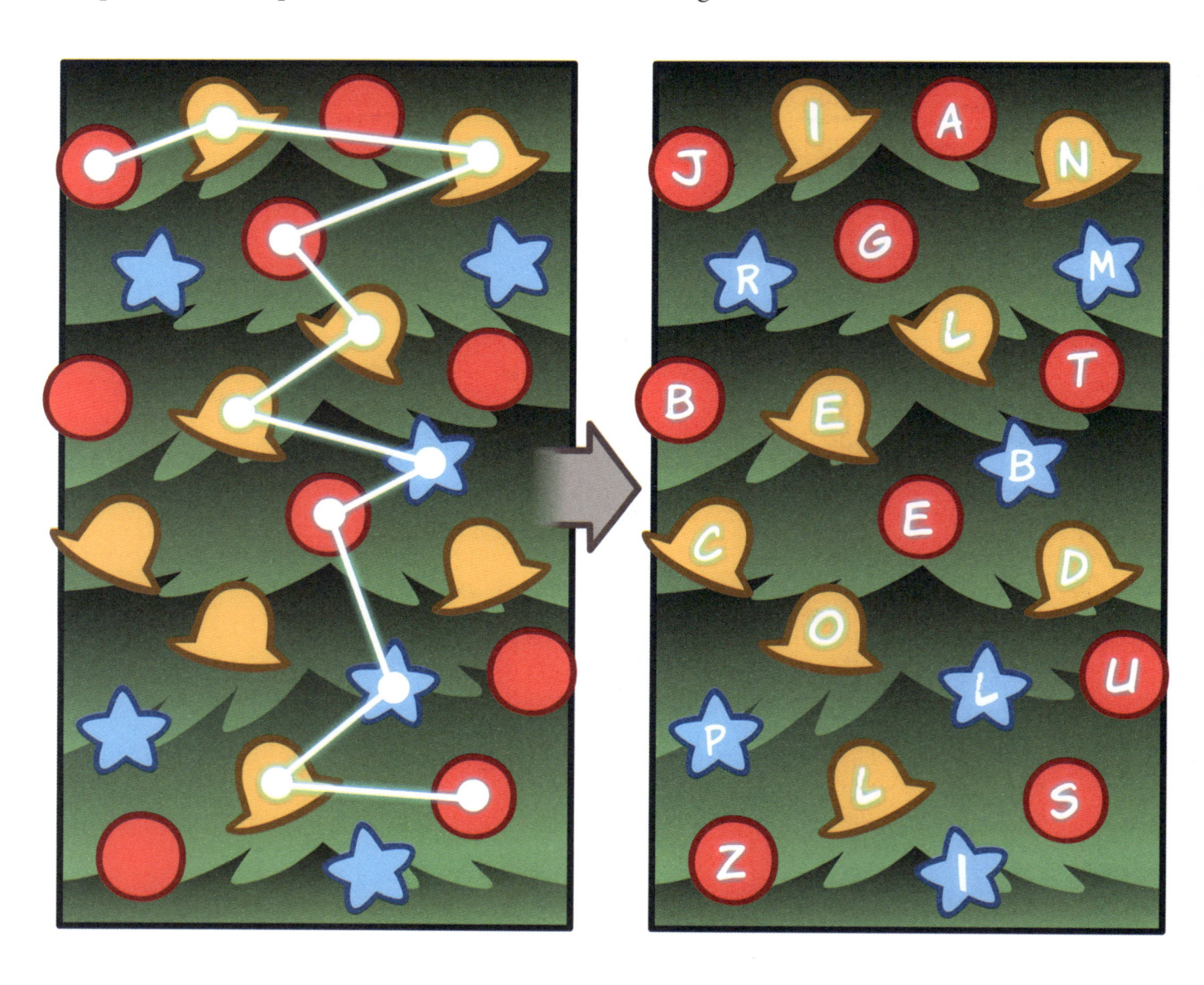

BATE O SINO

Música: James Lord Pierpont
Versão em português: Ewaldo Rui

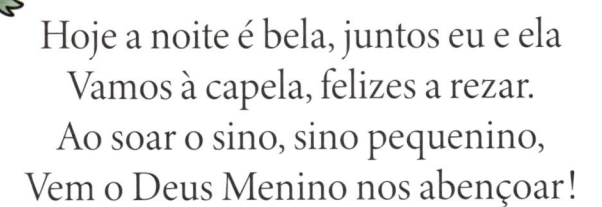

Hoje a noite é bela, juntos eu e ela
Vamos à capela, felizes a rezar.
Ao soar o sino, sino pequenino,
Vem o Deus Menino nos abençoar!

Ba-te o si-no pe-que-ni-no, si-no de Be-lém,
já nas-ceu o Deus Me-ni-no pa-ra o nos-so bem
Paz na Ter-ra pe-de o si-no a-le-gre a can-tar,
a-ben-ço-e, Deus Me-ni-no, es-te nos-so lar!

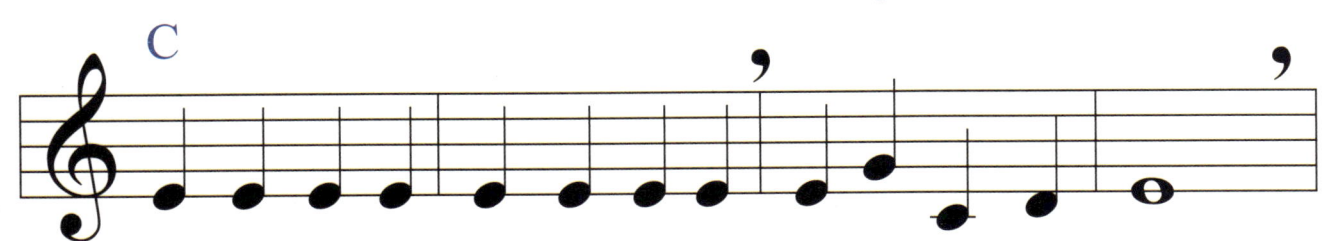

Pedro e o Lobo
Sergei Prokofiev

Pedro e o Lobo é uma história infantil contada por meio da música. Esse poema sinfônico foi composto com o objetivo pedagógico de mostrar às crianças as sonoridades de diversos instrumentos musicais.

Na história de *Pedro e o Lobo*, cada personagem é representado por um instrumento musical. Pedro é representado pelo quarteto de cordas; seu avô, pelo fagote; Sasha, o passarinho, pela flauta transversal; Sônia, a pata, pelo oboé; Ivã, o gato, pelo clarinete; o lobo, pelas trompas; e os tiros das espingardas dos caçadores, pelos tímpanos.

A história começa quando Pedro desobedece a seu avô e sai para caçar o lobo. No decorrer do caminho, encontra seu amigo Sasha, o passarinho, que muito corajoso decide ajudar Pedro.

De repente, os dois levam um susto quando aparece Sônia, a pata, que resolve também participar da caçada, e então todos saem a caminho. Enquanto Sasha está distraído, aparece Ivan, o gato. Ele se aproxima de mansinho e quase devora o passarinho, mas Pedro chega a tempo de salvá-lo.

Na verdade, o grande inimigo deles era o lobo, que está escondido. Então, com muita coragem, decidem juntos enfrentá-lo.

No meio de muitas confusões e perigos, e para a surpresa de todos, finalmente conseguem capturar o lobo, sem a ajuda dos caçadores, pois, quando chegam com suas espingardas, o lobo já está preso.

Pedro e seus amigos, depois dessa aventura, resolvem levar o lobo para o jardim zoológico e são recebidos pelos habitantes do pequeno povoado, onde está acontecendo uma grande festa.

> Ouça a obra musical completa e imagine essa história sendo contada por meio dos instrumentos musicais. Para isso, você pode acessar o *link* a seguir:
> https://www.youtube.com/watch?v=ggRJRSJvFTA

Faça a correspondência dos números com o instrumento.

Sergei Prokofiev

Serguei Sergueievitch Prokofiev
(1891-1953)

Nasceu em 23 de abril de 1891, na Ucrânia, antigo Império Russo. Desde cedo mostrou seu talento no piano e, aos nove anos, compôs sua primeira ópera. As criações de Prokofiev são ricas tanto na melodia quanto na arte da instrumentação. Sua obra é extensa e abrange todos os gêneros musicais, e seu estilo, além de brilhante, é marcado também pelo humorismo. Para crianças, escreveu este poema sinfônico chamado *Pedro e o Lobo*, uma história contada por meio da música. Morreu aos 61 anos, no dia 5 de março de 1953.

Foto: acervo dos autores

RELEMBRANDO AS NOTAS MUSICAIS

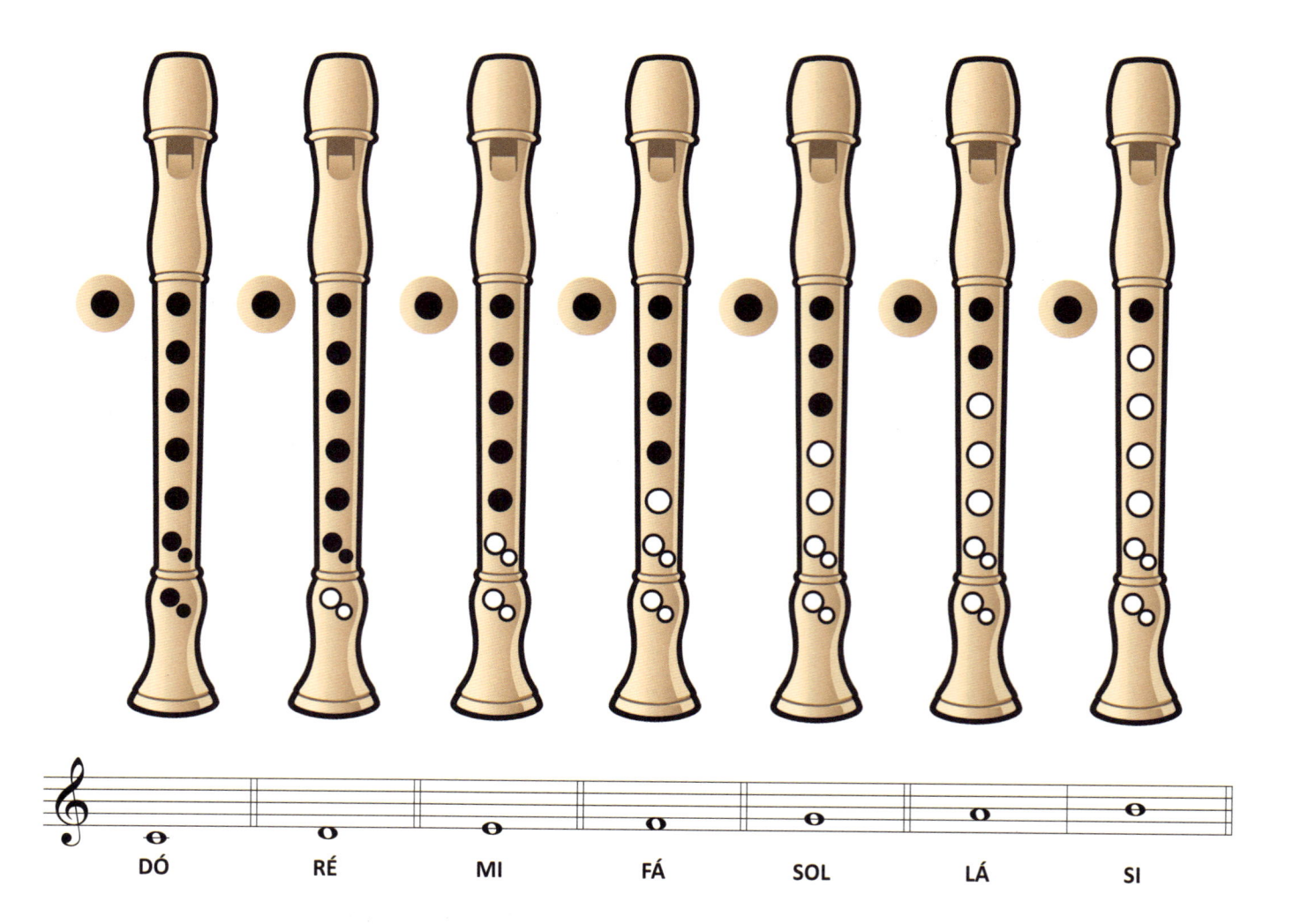

DÓ   RÉ   MI   FÁ   SOL   LÁ   SI

OLÁ, AMIGOS! APRENDEMOS EM NOSSO LIVRO *FLAUTEANDO* QUE A CLAVE DE SOL 𝄞 É USADA PARA FAZER A LEITURA DAS NOTAS NA FLAUTA DOCE. MAS É INTERESSANTE SABER QUE EXISTEM OUTRAS CLAVES TAMBÉM: A CLAVE DE FÁ 𝄢 E A CLAVE DE DÓ 𝄡 PARA INSTRUMENTOS QUE POSSUEM SONS GRAVES E MÉDIOS.

CRIANÇAS, CHEGAMOS AO FINAL DO NOSSO PRIMEIRO LIVRO DE FLAUTA E NOS TORNAMOS GRANDES AMIGOS! CONTINUEM TOCANDO ESSE MARAVILHOSO INSTRUMENTO MUSICAL E ESPERAMOS NOS ENCONTRAR EM BREVE NO *FLAUTEANDO – VOLUME 2!*

HINOS PÁTRIOS

VOCÊS CONHECEM
OS HINOS PÁTRIOS?

O Hino Nacional Brasileiro, o Hino da Independência e o Hino à Bandeira Nacional são considerados símbolos pátrios e por isso é muito importante saber cantá-los corretamente.

Leia com atenção e tente imaginar o sentimento de brasilidade que os autores das letras e os compositores das melodias ofereceram ao povo brasileiro com essas criações.

Hino Nacional Brasileiro

Letra: Joaquim Osório Duque Estrada
Música: Francisco Manuel da Silva

Ouviram do Ipiranga as margens plácidas
De um povo heroico o brado retumbante,
E o sol da liberdade, em raios fúlgidos,
Brilhou no céu da pátria nesse instante.

Se o penhor dessa igualdade
Conseguimos conquistar com braço forte,
Em teu seio, ó liberdade,
Desafia o nosso peito a própria morte!

Ó pátria amada,
Idolatrada,
Salve! Salve!

Brasil, um sonho intenso, um raio vívido
De amor e de esperança à terra desce,
Se em teu formoso céu, risonho e límpido,
A imagem do cruzeiro resplandece.

Gigante pela própria natureza,
És belo, és forte, impávido colosso,
E o teu futuro espelha essa grandeza.

Terra adorada,
Entre outras mil,
És tu, Brasil,
Ó pátria amada!
Dos filhos deste solo és mãe gentil,
Pátria amada,
Brasil!

Deitado eternamente em berço esplêndido,
Ao som do mar e à luz do céu profundo,
Fulguras, ó Brasil, florão da América,
Iluminado ao sol do novo mundo!

Do que a terra mais garrida
Teus risonhos, lindos campos têm mais flores;
"Nossos bosques têm mais vida",
"Nossa vida" no teu seio "mais amores".

Ó pátria amada,
Idolatrada,
Salve! Salve!

Brasil, de amor eterno seja símbolo
O lábaro que ostentas estrelado,
E diga o verde-louro dessa flâmula
– Paz no futuro e glória no passado.

Mas, se ergues da justiça a clava forte,
Verás que um filho teu não foge à luta,
Nem teme, quem te adora, a própria morte.

Terra adorada
Entre outras mil,
És tu, Brasil,
Ó pátria amada!
Dos filhos deste solo és mãe gentil,
Pátria amada,
Brasil!

Hino da Independência do Brasil

Letra: Evaristo da Veiga
Música: Dom Pedro I

Já podeis, da Pátria filhos,
Ver contente a mãe gentil;
Já raiou a liberdade
No horizonte do Brasil.
Já raiou a liberdade
Já raiou a liberdade
No horizonte do Brasil.

Brava gente brasileira!
Longe vá... temor servil:
Ou ficar a pátria livre
Ou morrer pelo Brasil.
Ou ficar a pátria livre
Ou morrer pelo Brasil.

Os grilhões que nos forjava
Da perfídia astuto ardil...
Houve mão mais poderosa
Zombou deles o Brasil.
Houve mão mais poderosa
Houve mão mais poderosa
Zombou deles o Brasil.

Brava gente brasileira!
Longe vá... temor servil:
Ou ficar a pátria livre
Ou morrer pelo Brasil.
Ou ficar a pátria livre
Ou morrer pelo Brasil.

Não temais ímpias falanges,
Que apresentam face hostil;
Vossos peitos, vossos braços
São muralhas do Brasil.
Vossos peitos, vossos braços
Vossos peitos, vossos braços
São muralhas do Brasil.

Brava gente brasileira!
Longe vá... temor servil:
Ou ficar a pátria livre
Ou morrer pelo Brasil.
Ou ficar a pátria livre
Ou morrer pelo Brasil.

Parabéns, ó brasileiro,
Já, com garbo juvenil,
Do universo entre as nações
Resplandece a do Brasil.
Do universo entre as nações
Do universo entre as nações
Resplandece a do Brasil.

Brava gente brasileira!
Longe vá... temor servil:
Ou ficar a pátria livre
Ou morrer pelo Brasil.
Ou ficar a pátria livre
Ou morrer pelo Brasil.

Hino à Bandeira Nacional

Letra: Olavo Bilac
Música: Francisco Braga

Salve lindo pendão da esperança!
Salve símbolo augusto da paz!
Tua nobre presença à lembrança
A grandeza da Pátria nos traz.

Recebe o afeto que se encerra
Em nosso peito juvenil,
Querido símbolo da terra,
Da amada terra do Brasil!

Em teu seio formoso retratas
Este céu de puríssimo azul,
A verdura sem par destas matas,
E o esplendor do Cruzeiro do Sul.

Recebe o afeto que se encerra
Em nosso peito juvenil,
Querido símbolo da terra,
Da amada terra do Brasil!

Contemplando o teu vulto sagrado,
Compreendemos o nosso dever,
E o Brasil por seus filhos amado,
Poderoso e feliz há de ser!

Recebe o afeto que se encerra
Em nosso peito juvenil,
Querido símbolo da terra,
Da amada terra do Brasil!

Sobre a imensa Nação Brasileira,
Nos momentos de festa ou de dor,
Paira sempre sagrada bandeira
Pavilhão da justiça e do amor!

Recebe o afeto que se encerra
Em nosso peito juvenil,
Querido símbolo da terra,
Da amada terra do Brasil!

SOBRE OS AUTORES

Maria Regina Braga de Borthole Vertamatti

Educadora e Coordenadora Pedagógica Musical, graduou-se em Educação Artística e Música pela Unesp e Pedagogia pela Faculdade de Ciências e Letras de SBC. Pós-graduada em Educação Infantil pela Metrocamp e em Relações Interpessoais na Escola e Construção da Autonomia Moral Infantil pela Unifran. Musicista com prática em piano, violão, bateria, flauta doce e flauta transversal, é também autora do livro *Vida de Brinquedo*, além de inúmeras peças teatrais, histórias educativas e músicas para crianças. Formou-se em Magistério da Música pelo Conservatório Musical Carlos Gomes de Campinas (SP) e aprimorou seus estudos de metodologia Orff Schulwerk em cursos no Brasil e em São Francisco, na Califórnia (EUA).

Marcia M. Palladini

Musicista com formação em piano e prática em flauta doce e violoncelo. Estudou no conservatório Carlos Gomes, em Campinas, e graduou-se em Música pela Unicamp. Pós-graduada em "Relações Interpessoais na escola e a construção da autonomia moral" pela Unifran. Aprimorou seus estudos em cursos no Brasil e no Orff-Institut, em Salzburg, Áustria. Atua como educadora musical para crianças da Educação Infantil e Ensino Fundamental.

Cesar de Macedo Haddad

Estudou na Escola Municipal de Música de São Paulo (música erudita), na Universidade de Música Tom Jobim (*jazz* e música popular) e na Escola de Comunicações e Artes da USP (composição). Formou-se em Direito pela PUC/SP em 1993. Mudou-se para Berlim, Alemanha, em 1994, onde se graduou em música pela Hochschule fuer Musik "Hanns Eisler". Foi premiado em 2001 no Concurso de Composição da Bienal Internacional de Música Contemporânea da Funarte, Rio de Janeiro. Voltou ao Brasil em 2006 e, desde então, atua como maestro, arranjador, músico e professor.

Naila Foresti Gallotta

Musicista com formação em piano, violão e canto, erudito e popular, e bateria. Possui licenciatura em Música e várias especializações na metodologia Orff Schulwerk, incluindo cursos internacionais. Foi integrante da associação ABRAORFF, em São Paulo, por mais de dez anos. Morou em Los Angeles (EUA) por seis anos, onde estudou Música e Educação Musical, e participou de várias bandas de *Jazz* e corais. Atuou como educadora musical para alunos da Educação Infantil e do Ensino Fundamental. Trabalhou também como professora bilíngue de música.

Marta de Mello Gomide

Estudou piano no Conservatório Musical da Unaerp, onde se graduou em Música e em Educação Artística, com especialização em Educação Musical. Bacharelou-se em Composição e Regência pela Unicamp. Pós-graduada em "Relações interpessoais na escola e a construção da autonomia moral" pela Unifran. Além do piano, especializou-se em flauta doce e violoncelo. Atuou como educadora musical para crianças da Educação Infantil e Ensino Fundamental e como regente de orquestra juvenil.

Ilustradora - Priscila de Borthole Vertamatti

Estudou no Colégio Visconde de Porto Seguro, em Valinhos, e começou sua carreira como animadora no estúdio HGN, em São Paulo. Mudou-se para os Estados Unidos em 2007 e graduou-se em bacharelado em Character Animation na Academy of Art University, tendo em 2011 feito estágio na Walt Disney Animation Studios, em Burbank, Califórnia. Atualmente, é animadora na Pixar Animation Studios. Conheça mais sobre a Priscila em https://www.priver-animation.com

RESPOSTAS

página 21

página 24

página 28

página 30

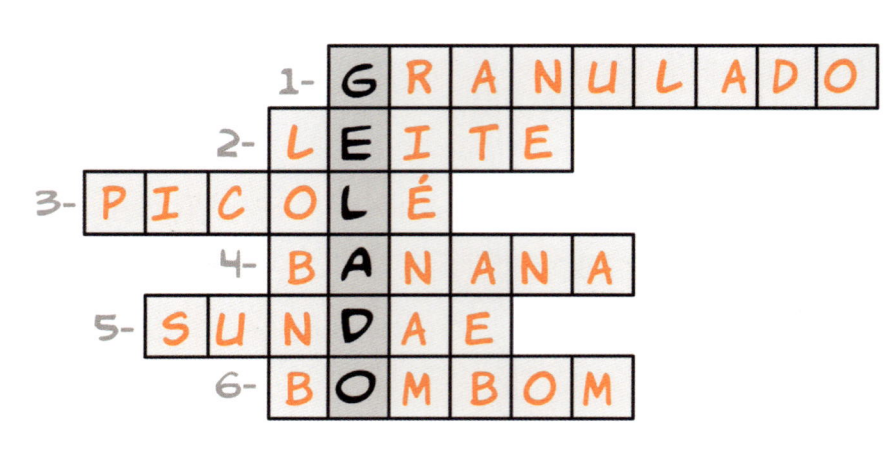

página 36

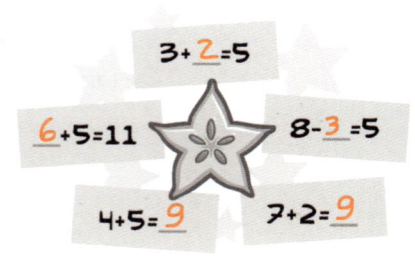

página 38

página 40

página 43

página 22: é a nota Sol

página 33: Serra, serra, serrador: computador, televisão, rádio, celular e caixa de som

página 47: 1) 8 compassos; 2) Nota Sol; 3) Porque tem uma Barra de Repetição

página 49: Din Don - figura 4

página 56

página 59

página 65

página 67

página 68

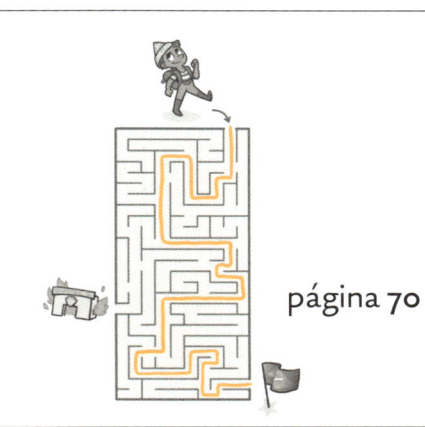

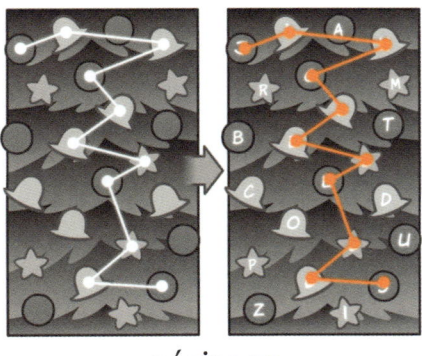

página 70

página 72

página 75

página 51: Poc, poc, poc - figura 2
página 60: O pastorzinho - 19 carneirinhos
página 62: SOL, MI, FÁ, RÉ, DÓ, MI, RÉ, FÁ, RÉ, MI, DÓ
RÉ, MI, SOL, DÓ, RÉ, FÁ, MI, SOL, FÁ, RÉ, DÓ
página 68: Sol, Pássaro, Vento, Criança

ANOTAÇÕES MUSICAIS

ANOTAÇÕES MUSICAIS

ANOTAÇÕES MUSICAIS

ANOTAÇÕES MUSICAIS

ANOTAÇÕES MUSICAIS

ANOTAÇÕES MUSICAIS

ANOTAÇÕES GERAIS

ANOTAÇÕES GERAIS

ANOTAÇÕES GERAIS

ANOTAÇÕES GERAIS

ANOTAÇÕES GERAIS

ANOTAÇÕES GERAIS

ANOTAÇÕES GERAIS

REGISTROS

REGISTROS

REGISTROS

REGISTROS

REGISTROS

REGISTROS

REGISTROS

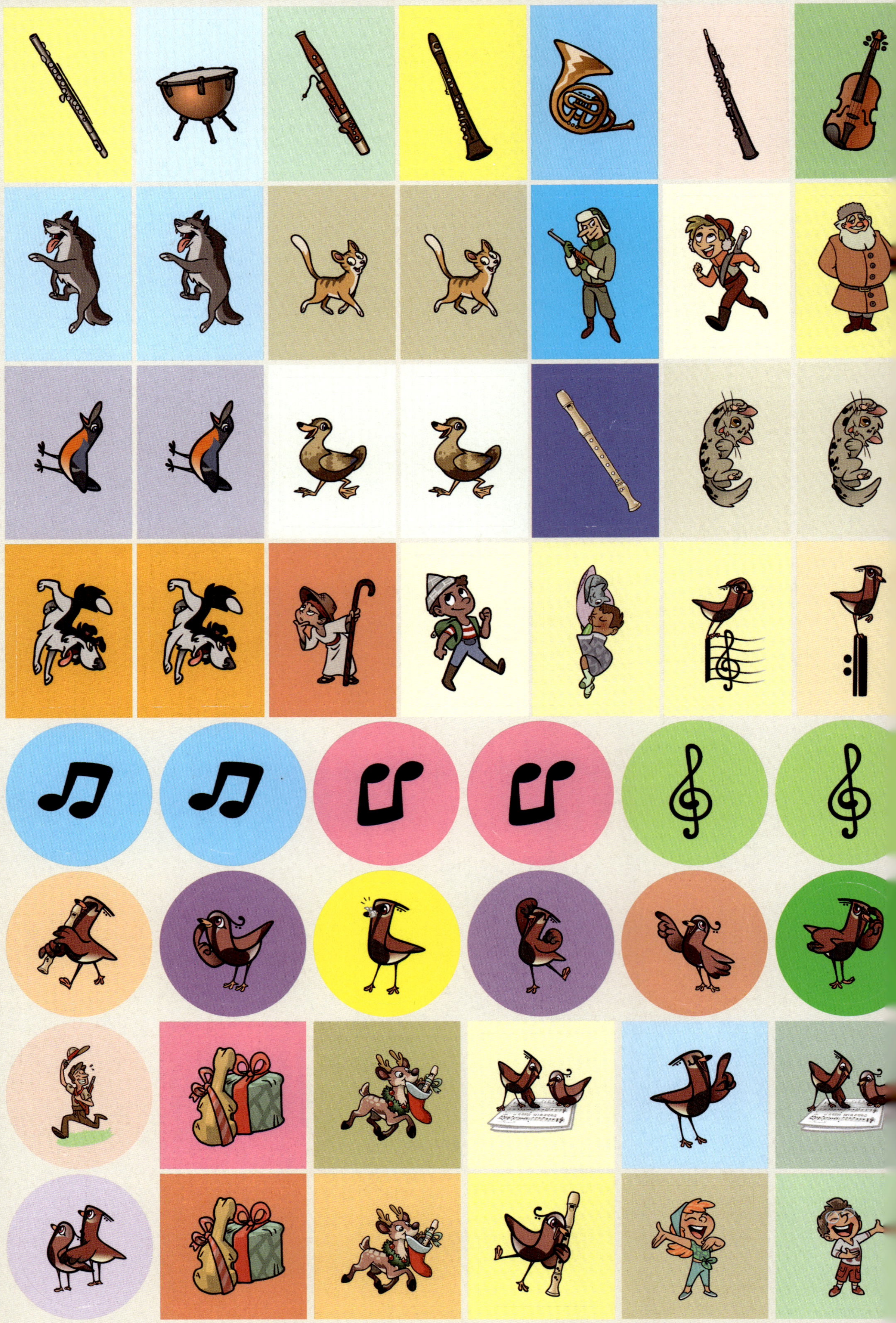